# 渡り

恒川光太郎

角川ホラー文庫
18932

目次

# 弥勒節

座敷で男は死にかけていた。外は蝉時雨（せみしぐれ）。

痛みは断続的にやってくる。たぶんもう駄目なのだと思う。天井は揺れている。

老いた妻と、息子が覗（のぞ）き込んでいる。孫が時折廊下を横切る。

水を一口、二口。

家をどうしろとか、銀行預金をどうしろとかいった話もとうに終わった。言い残すこともない。

——苦しいですか。

老いた妻がきく。

七十八歳、七月、壁の時計は午前十一時。

人生とは何か。そんなことを考える暇はなかった。考えなくて良かったとも思う。振り返れば、祖父母の葬式、父の葬式、母の葬式、兄の葬式。順番通りだった。おそらく数日後には自分もそこに入るのであろう森の中の亀甲墓（かめこうばか）が脳裏に浮かぶ。人生とはつまり時が流れるということだ。

男は目を瞑り意識を外に向ける。通りの角には大きなガジュマルが枝を広げている。その向こうには、集落の石垣と暗い森、海——水色のリーフが見える。やがて祖霊となり、島の一部に同化する寸前の男には、路上の小石に至るまでくっきりと把握できた。

何かがやってくる。

——誰かくる。

男は呟く。

家族は答えない。臨終前のうわ言だと思っているのか。いいや。男は家族の目に、そうですよ、との返答が浮かんだのを読み取る。

痛み。涙が目に滲む。

座敷に入ってきたのは白装束の老婆だった。手には胡弓を持っている。

——カマドさん。

男が幽かに呟くと、老いた妻がにっこりと笑った。

この島では、臨終の際にユタが弥勒節を胡弓で演奏する風習があった。他所と違い、音を鳴らして死者を送る。男は父の臨終のときにもカマドさんが現れたことをおぼえている。カマドさんは男を見ると、枕元から少し離れたところで演奏をはじめた。

音色に身を委ねると同時に、全ての痛みが消えた。

☆

島は空から見ると茄子のような形状をしている。木々に覆われた低い山が二つあるが、それ以外のところは平坦で、牧草地とサトウキビの畑、鬱蒼とした森が広がっている。

隼人は今年三十八歳になる男で、集落の外れの高台で暮らしていた。

夕暮れ時から夜にかけて、馬で島のあちこちに出かけるのが趣味だった。夕方に隼人が厩に近付くと、馬は、行こう行こうと嬉しそうに嘶いた。

那覇に住む従兄弟からアメリカ観光の土産にもらったカウボーイハットをかぶり、馬に鞍を載せて、えいやと跨ると、視野はぐっと高くなって広がる。

夕方に馬に乗ると、たいがいは十キロほど離れた岬の近くにある友人の家に向かった。友人はブンガさんという四十歳の男で、やはり馬を飼っていた。

隼人に馬を飼うように勧めたのはブンガさんだった。隼人の馬は、仔馬のときにブンガさんから買ったもので、ブンガさんは馬飼いの師匠だった。

ブンガさんの家の縁側でお茶を飲んで一服すると、二人で岬まで歩き、釣りをすることもあったし、轡を並べて、島のあちこちに出かけることもあった。

二人は観光客の多い時期には、乗馬体験ツアーの仕事をした。

観光客を馬に乗せてサトウキビ畑の中を抜け、ビーチを進み、モクマオウの林を抜けてから高台に登り、出発地点まで戻ってくる。

ただそんな仕事もシーズンが終わればほとんど客がなかった。

ある冬のこと、ブンガさんの家に何人かが集まって鍋を囲んだ。集まった面子は、隼人と、最近隼人に勧められてポニーを飼い始めた農家の男、漁師と兼業で左官屋をしている男や、内地から赴任して一年になる小学校の先生などである。

ふと左官屋が、自分の家の庭には、百年前に隣の島から喧嘩をしにやってきて大暴れをしたならず者たちの死体が埋まっているという話をした。

「え、あの庭石のこと？　何かなあと思っていたけど」

「そうそう、あれは墓石さ。これはうちの集落の人ならたいがいは知っているよ。最初は漁場のいざこざみたいなもんだったって。で、向こうは海から上がってきて、海賊みたいに何人か殺したもんだから、こっちもえらく怒って皆殺しにした」

「それはまた」

「で、そいつらの死体をどうするかという話さ。もしかしたら向こうの島の奴らが骨だけでも返してほしいといいだすかもしれんでしょ。でも結局なんもいってこんかったからね、埋めて塚になったわけ」

「何もいってこんということは、向こうの島でも鼻つまみもんだったんだろ」

「気になりませんか」

「特に気にならんけどね。まあ、時々線香あげたりしてるわな」

小学校の先生はいたく感心していった。

「百年前のことですか。なんだか都市伝説みたいですねえ」

「都市じゃないから、島伝説だね。そんなのたくさんあるよう」

みんなが、いささか怪談めいた島の話を口々に披露していったので、その場はほとんど百物語のようになった。

島には古くから続いている家がたくさんあり、どの家にも口承されている家の伝説の一つや二つはあった。

巨大な鳥が集落を襲った話や、船でベトナムまで流されたが、数年後に戻ってきた男の話、漂着したオランダ人を先祖に持つ家の話などが披露された。荒唐無稽に感じられる話でも、郵便局の新垣さんの家は――などといったように、島に実在している人の名前や地名と共に語られるため、妙に現実味があった。

「怖いといえばオモリの天戸岩よ」農家の男がいう。

「ああ、あれは怖いね」

「オモリの天戸岩とはなんです」小学校の先生がきく。

「小学校の裏の森のあたりね。オモリというんだけど、大きな洞窟があるんだよ。その洞窟が天戸岩。昔、大地の神様がそこに引きこもったという神話があって」左官屋は説明を止めると、「だったよな？」と不安気に周囲の顔を見る。みな頷いて話を促す。

「そう。で、海からきた神様が天戸岩の前で宴会をやっておびきだすみたいな伝説」

「日本神話にあるやつの変形ね」

「まあ、それはいいんだけど、その穴が妙におっかないわけ。十五年ほど前に、そこに行く道を整備して観光地みたいにしようかって話もでたことあるけど、とりやめになったんだ」

「ユタがみんな反対してな。見世物にするような場所じゃないって。まあ外から来た人にとっても、ただの洞窟なんか面白いもんでもないだろうし。神話のほうも適当だしな」

「え、適当なんですか？」小学校の先生が眉をひそめる。

「俺、図書館にある古い郷土資料で読んだことがあるけれど、あそこの洞窟は、鬼を閉じ込めて退治した穴だってお話になっていたよ。大昔は墓だったたって話もあるね。まあ適当っていうか、いろいろある話の一つだということだね」

「怖いといえば、ヨマブリは」

隼人が思い出したようにいうと仲間たちは不思議な顔をした。その反応に、ヨマブリの話はタブーであったことを思い出し、口にしたことを後悔した。

「その話はよそうや」ブンガさんが低い声でいった。「あんなもん……他の島でも似たようなもんの話をきくが、たいがいは話の中だけで、実際に出るのはこの島ぐらいよ」

その帰りだった。

ほろ酔い加減で馬に乗った。

牧場の脇を通る道だった。月明かりが牧草地帯を照らしている。

――実際に出るのはこの島ぐらいよ。

隼人はブンガさんの台詞を思い出しながらヨマブリのことを考えた。

まだ五歳の春だった。畑のあぜ道できらり、きらり、と銀色の紙吹雪のようなものが風の中を舞っていた。

幼き隼人の目には、春風に光の精が舞っているようにも見えた。

隼人の手を引いていた父は、あれはヨマブリというもので、危険だから近寄ってはならないといった。

あまり目を向けてはならない。意識を向けてはならない。

二人はそっと道をかえた。

不思議なことはぽつりぽつりとあった。

前方の道の先に何か立っている。人か、道路標識か、遠くてわからない。近付くとそれは人であるとわかる。鎌を持った男だ。さらに近付くと、人影は蝶や虻の群れに変わり、霧散して消える。

同じ島内の親戚の家に泊まったとき、真夜中に目が覚めた。なんとなく二階のベランダから深夜の畑を眺めていると、ひらり、ひらりと畑の上を影が舞っているのに気がつく。真っ黒い布のようなものが、くしゃくしゃに縮んだり、開いたり。見ているうちに背筋が寒くなる。どんどん恐ろしくなる。ひらひらした布はふっと消え、静寂の畑があるばかり。

それらのごく稀に遭遇する幻じみた現象のことを総じてヨマブリといった。誰もが等しく目にするものではなく、島で生まれ育ったものでも半数以上が一度も見たことがないという。ヨマブリは蜂や毒蛇と似ていて、見るぶんには問題ないが、うっかり接触してしまうと病気になる。場合によっては死に至ることもある。ヨマブリとの接触で命を失うのは、島の人間にとって格別に珍しいことでもなく、ハブやハブクラゲの事故、あるいはインフルエンザで死ぬ人間がいるのと同じであった。オモリの洞窟の近くにある細い道には『ヨマブリ出没注意』の立て看板もあった。

ヨマブリと口に出せば、呼び寄せてしまうという説もあり、ヨマブリの話をすることはあまり好ましくないのだった。

最後にヨマブリを見たのがいつだったのか隼人にはわからない。高校に入学するために島を出てからは、ヨマブリの記憶も神話のごとく遠くなった。

那覇の高校を卒業してから、東京の専門学校に進み、そのまま東京で就職して六年働いた。その後ニューヨークで三年、沖縄に戻ってきて那覇で四年。故郷の島に戻ってきたのが三十四歳のときだった。

今日の鍋の席に至るまで、隼人はヨマブリなどというものが存在することすら忘れかけていた。

ふいにどこか遠くから細く長い楽器の音がきこえ、隼人は馬上で思考を中断した。

馬を止めた。

馬は頭を上げて、じっと空を注視している。音に反応しているのだ。

ふいに馬は歩きはじめた。かっぽかっぽと脇道に入っていく。手綱を引いても隼人のいうことをきかない。亀甲墓のそばを通り過ぎ、森の中に入った。

小さな空き地に出たところで、楽器の音が止んだ。

闇の奥に炎が見える。

隼人は馬を道路わきの杭に繋ぐと、暗がりの小道を進んだ。根が露出したごつごつとした道だった。道路わきの茂みからガサゴソと音がする。トカゲやイモリ、ヤシガニや、オカヤドカリが落ち葉を掻き分けて動いている音だ。怪談をたくさんきいた後だからか、少し心細かった。

浜辺の近くだった。

白髪の老女が焚き火に照らされて座っていた。

老女のわきに音色の正体とおぼしき胡弓がある。

近くに民家のある場所ではなかった。老女から少し離れたところに、逆さまになった小さな舟の影が見える。

なるべく刺激しないように、穏やかに挨拶した。

「こんばんは」

老女は鋭い目で隼人を見て声をあげた。

「お、びっくりした」

島民ではないと直感した。だが観光客にも見えない。隼人はおそるおそる前に進み出て炎の前に座った。

「どちらからいらっしゃいましたか」

「海から海から」しわがれた細い声だった。

島を訪れる全ての者は、船に乗って海からやってくる。島なのだから当たり前だ。

「内地……ですか」

「いいや。海から海から。島巡りの最中に立ち寄ったの」

「フェリーでいらっしゃったのですか」

「ううん、違うよ。自分の舟で」老女は、ひひっと笑った。「海の上は歩けんもの。そりゃ舟さ。昨日到着したのよ」

一番近い隣の島まで五キロである。途中に無人島もいくつかあるので、漁船やヨットやシーカヤック、あるいはサバニ船その他で島巡りをすることは不可能ではない。だが、この老女が一人でと考えると不自然な気もする。

「あの……港の方に行けば」民宿も、居酒屋もあるのに。

隼人はいいかけたが、老女が面倒くさそうに眉根を寄せたので、いらぬ世話かと口を閉じた。子供ではないのだ。港に用事があるのならとっくに行っているだろう。

浜辺は近く、潮騒がきこえる。老女はゆったりと話す。

「あたしはねえ、ここでえ、一緒に行くものを募っているのさあ」

「一緒に行くって……どこへ」

「海よ海。島からこっそり出て行くものを」

「まさか、連れ去る？」隼人は笑った。

「連れ去るとは人聞きが悪い。自由意志だよ。人間でなくてもいい。山羊でも、豚でも、鼠でも、鳥でも。昔は大勢連れていったものだ。逃げたいもの、疲れ果てたもの、行かなくてはならぬもの……」

人間が自由意志で出て行くならともかく、山羊や豚を連れていったら泥棒ではないかと思う。あるいは女は泥棒なのかもしれない。他所の島から小船でやってきて夜のうちに盗みを働き、朝になる前にさようなら。住所は海、漁師崩れの犯罪者。

「ここはいっぱい、いるだろう、アレが」

白髪の女は歪んだ笑みをみせて咳き込んだ。隼人はアレとは何か訊かなかった。

「次はどこに行くんですか？」

「次の島に、その次はまた次の島に、そのまた次は、そのまた次の島に……」

よっこらせ、と女は胡弓を手にした。

弦は三本。胴は小さく黒い。青白く光っている装飾は夜光貝だろうか。琉球にもクーチョーの名で胡弓はある。隼人は胡弓の厳密な定義がどのようなものか知らない。中国の二胡、モンゴルの馬頭琴、アジア全域に似たような楽器はたくさんある。

老女は弓を弦にあて、ゆっくりと擦った。

擦弦楽器特有の、哀しげな尾を引く音が柔らかく空気を震わせる。

隼人は目を細めてききいった。

この種類の民族楽器の音は決して大きくはない。コンサートホールで演奏するには向いていないが、浜辺で焚き火を囲んで演奏するのには向いている。自然の音がそこに溶け込む。

隼人は海を思い浮かべる。現実の海とは少し違う海だ。幼い頃、肉体を失ったものの魂はみな海に行くのだと教えられたことがある。黄昏時の水平線の彼方にある幻影の領域——老女がそこからやってきた使いに思えてくる。

老女は隼人に向かって微笑むと、演奏を止めた。

「あんたどうしてきたね」

「その音色になぜか馬が反応して」

「へえ、そう。馬か。そっかあ、馬に連れてこられたか」

老女は胡弓を撫でながら呟いた。

「この胡弓ね。あたしが子供の頃に手に入れてね。ユタが持っていた魔性の楽器よ。手に入れてからあたしの人生はだいぶ楽になったような気もするが、めちゃくちゃになっちまったような気もするさあ。もう自分の名前もおぼえていやしない。今では私も弥勒節の一部よ」

隼人には老女が何を話しているのか今一つわからなかった。相手が理解しているかどうかを無視して喋(しゃべ)り続けるタイプだった。

少し沈黙があってから老女は弱々しくいった。

「もういいよねえ。もういらないよねえ。燃やしてしまおうかね」

炎は老女の姿を揺らす。近くにいるのに、遠いようにも見える。胡弓を炎に放り込もうとするのを、慌てて止めた。

「駄目ですよ、そんなもったいない」

「そうかい。ではあんたが弾きなさい」

白髪の女は胡弓を隼人に差し出した。

その後、老女はふと立ち上がり、闇に消えるともう戻ってこなかった。

小便にでも行ったのかと、女を待ちながらうつらうつらとしているうちに火も消えた。

少ししてから、目を開くと空は明るくなっていた。

底の破れた腐ったボートが逆さまになっていた。そのそばに板の腐った小屋が立っている。

隼人は胡弓を拾い上げると浜を歩いてみた。

やはり誰もいなかった。老女が乗ってきたと思われる舟もない。

朝焼けでピンクに染まった雲が、形を変えながら海上をどんどん流れている。

☆

「あきさみよ」

ブンガさんは隼人の話をきき終わると、胡弓を注意深く眺めた。隼人は家に戻って一眠りしてから、さっそくブンガさんの家に胡弓を持って向かったのだ。

「また怖い話だね」

「ですよね」

この島ではなくて、俺が育った島のことだけれど、とブンガさんは前置きしてからいう。

「昔、カマドさんというサーダカーがいてね、クーチョーの名手だったよ。で、どこかで臨終の人が出るとクーチョーを持って現れて、演奏するんだ。家の人に呼ばれてね。

弥勒節とかいっていたな。カマドさんの弥勒節は、他の人のと違って特別でね。魂をニライカナイに送るのだと。まあ他にも、カマドさんを呼んでクーチョーを弾いてもらうと、魔物が吸い込まれていなくなるとかいってね」

「ブンガさん、会ったことあるんですか」

「カマドさんに？　あるよ、子供の頃。おじいの臨終のときに現れてな。ひどく苦しんでいたのが、クーチョーを弾くとぴたりと苦しむのを止めて逝った。これな、そのカマドさんのクーチョーに似ているよ。やがてカマドさんは弾かなくなったね。よくわからんが、楽器に霊力がつきすぎて危険になったとか。それからいなくなった」

「島からですか？」

「そうだよ。頭が少し変になって……船で弥勒浄土に行くとかなんとかいいはじめてね、自分の船で海に出て帰らずじまい。まあ俺が十歳になるかならないぐらいの頃だったから、詳しくはわからないね。親からそんな話をきいてからというもの、俺はずっとカマドさんは胡弓(こきゅう)を持って海をさまよっているような気がしていたけどさ」

「じゃあ、ぼくが会ったのは」

「カマドさん……か？」

ブンガさんは笑った。隼人もつられて笑った。あるいはあの老女は生者ではなかったのかもしれない。

「気味が悪けりゃ、燃やすか、捨てるか」

夜、隼人はしばらくソファに寝そべって本を読んでいたが、やがて活字に飽きると、壁にたてかけた胡弓を手にしてみた。

捨てたり燃やしたりはいつでもできる。

弾き方もわからないが、弦をあててみる。

周囲に民家はないから夜中に音をだすことに躊躇(ためら)いはない。

細く長い音を繰り返しだしていると、音の中にごつごつとした荒い部分があることに気がついた。

――さっきの……俺の孫だよ。

遠くに人の気配と話し声。

こんな遅くに来客か。

隼人は胡弓を弾く手を休めた。

しばらく耳を澄ませて待ったが誰も現れない。きこえるのはただ蛙の鳴き声だけだ。

空耳だったのだろうか。

もう一度胡弓を手にした。弦を擦ると気配が生じ、今度ははっきりと数人が話しているような声がきこえた。

――彼に弥勒節が弾けるかね。

――駄目だろう。こんな若造。

――せっかくあたしがあげたのに。

──どうだかねえ。この若造はきっと燃やしてしまうぜ。それで全部しまいさ。

隼人の全身に冷たい汗が滲む。人の声と気配は外からではない。〈胡弓の音の中〉にあるのだ。弦を擦ればレコードのように声が生じる。手を止めると声も止む。複数の声の中にはあの夜の老女のものも交じっているように感じる。

胡弓で音をだす行為が、違う世界に橋をかけてしまうようだ。隼人は震え声できいた。

「あなたたちは……なんです？」

おそるおそる弦を擦ると、どことなくふざけた調子の音が部屋に響く。

──燃やさないでおくれよう。

げらげらと笑い声。

その後、隼人は胡弓を捨てることなく、毎晩練習した。胡弓を弾いているときだけ浮かびあがる精霊たちの声は、島の誰にもきこえず、隼人の耳にだけきこえた。〈彼ら〉は、十人かそれ以上いて（あるいは百人かそれ以上いるのかもしれない）誰も名前がなかった。〈彼ら〉はでたらめで無責任なことをいいながらも、少しずつ胡弓の指導をしてくれた。おかげで腕前はあがっていった。

夏の乗馬体験ツアーに参加した女がいた。

三十を少し過ぎた女で、仕事を辞めて離島をぶらぶらと廻っているという。

彼女は乗馬体験ツアーが終わってからも、よく隼人の前に顔を見せるようになった。隼人は時間があれば、彼女を島のあちこちに案内した。

八月のある晩、庭に提灯をだして、彼女の前で胡弓を弾いた。彼女はじっと目を瞑ってきいていた。

音を止めると、彼女はふうっとため息をついた。

「どう？」

「なんだか、ものすごく遠い国の風情がある。ずっと昔にきいたことがあるような懐かしいかんじ」

「民謡とか島歌で使われるからかな。何か、人の声のようなものがきこえなかった？」

「人の声？」

彼女は不思議そうな顔をした。

「いや、なんでもない」

「私、明日の船で帰ってしまうから、もっときかせて」

観光客なのだから仕方ないのだが、もっと長くいればいいのにと思った。

隼人は夜中に弦を擦った。

——いい娘だったのに、帰っちゃったねえ。もったいないねえ。

——寂しいんだろう、一人で。

――とっと家族を持つんだね。

――まさか。それぱかりが人生でもあるまいに。寂しいことはよいことだ。

――大丈夫、寂しさをバネにもっと練習してうまくなりなよ。

――季節は変わる。

――わしらにできることは呼ぶだけよ。


その年の冬、彼女は島に戻ってきた。

彼女はいった。

「東京の雑踏を歩いていたら、ふいにここできいた胡弓の音色が頭に甦ってね。頭の中に鳴り続けるの」

満員電車を降りて、改札を抜けて、デパートに入るでしょう。それから駅ビルを抜けてバスロータリーに出る。人や車のざわざわした音や、スピーカーを通した音があちこちからきこえてくる。

そんなざわめきの中に、風がとても高いところから運んできたような音が、どこからともなくしてくるの。

その音色に気がつくと、最初にこの家とあなたのことを思いだして、馬のことも思いだす。

それから水平線、椰子の木、キノボリトカゲに、どこか遠いアジアの国……そんなイメージが現れてくるのよ。

それで私、東京の楽器屋さんを探して胡弓を買ったのね。一万五千円で、教則本つきのやつ。でも、鳴らしてみてもここできいた音と違うのよね。

どうしてなんだろう、私の技術かしら、胡弓にもいろいろあってモノが違うのかしら、それとも胡弓は土地の空気みたいなものに敏感に反応して、南の島と東京じゃ音が変わるものなのかしら。なんていろいろ考えているうちにここに戻ってきてしまったのよ。

ふうん、と隼人は答える。

「たぶんまんなかのやつだな。胡弓にもいろいろあるんだよ」

部屋の隅から胡弓を持ってくると鳴らした。

長く尾を引く音が空間をゆっくり切り裂いていき、そのまま音の厚みが薄れ、煙のように空気に溶けていく。

彼女は頰を紅潮させて、ぼんやりとした目で隼人を見た。

それから彼女は隼人の家で暮らすようになり、翌年には結婚した。

幸福な歳月だった。

二人はあちこちに出かけた。海に潜り、畑を耕し、時にはフェリーと飛行機を乗り継いで都会に行って買い物をした。

ハンモックに寝そべって読みかけの本から顔を上げると、樹木に切り取られた空の高みを雲が横切っていくのが見える。縁側から魚を焼く匂いが漂ってくる。友人が持ってきた魚を妻が焼いているのであった。

時折、妻にせがまれて隼人は胡弓を弾いた。

黄昏時(たそがれ)だった。

赤やピンクや紫に輝く、夕暮れの化生(けしょう)のような蝶(ちょう)が舞っていた。

女はぼんやりとその中に立っていた。蝶は一匹、一匹、と数を増やしていく。

隼人は叫び声をあげて妻に向かって走った。

「離れて、離れて」

妻は無垢(むく)な放心から戻ると、隼人に不思議そうな顔を向ける。

――なに？

夕陽に長い影をつくった妻の姿が、数を増した蝶にかき消される。

蝶に似た姿のものが蝶に似た動きで舞っているのだ。でもそれは蝶ではなかった。隼人は妻の腕を摑(つか)むとヨマブリの中から引きだした。

蝶の姿をしたヨマブリは、ひらひらと一斉に散らばって夕闇の景色に溶け消える。

「危ないよ」

妻が目を見開いてあたりを見回した。

「大丈夫だった？」

「危ないって何のこと」

妻には見えていないのだ。隼人はじっと妻を凝視しながらきいた。

「ヨマブリが……気分は？」

「ヨマブリ？　ああ、前にいっていた怪現象のことね」

妻の顔に、そんなの一種の冗談みたいなものでしょうとでもいいたげな困惑が浮かんだ。

「あ、あたし買い物に行く途中だった……あれ？」

言い終わる間もなく妻は蹲って吐いた。


妻は床に臥した。

原因不明の高熱だった。隼人は医者を呼び、同時にユタも呼んだ。

「ごく稀に島民がかかる風邪に似た妙な病気」を治せる医者は島にいなかった。またヨマブリの毒気にあたったものを救えるユタもいなかった。

医者は注射を打ってから「しばらく安静にしているように」と言い残して帰った。

ユタは祈禱をしてから「今年はヨマブリが多い。異常発生だ。あなたも気をつけなさい」と言い残して帰った。

皓々とした満月がでた。

隼人は床に臥して浅い呼吸をしている妻の傍で泣いた。辛く、悲しく、悔しかった。

よくなってくれと祈った。

夜半に外にでると、垣根の向こう側で何かがキラキラと月明かりを反射していた。

ヨマブリだった。

垣根からこちらに入ってくる様子はない。小石を投げたが、少し動きが乱れただけで大きな反応はなかった。

隼人は胡弓（こきゅう）を持ち庭にでた。家の中にいても特にすることはなかったし、なぜかヨマブリに演奏をきかせなくてはいけないような気がした。カマドさんがクーチョーを弾くと魔物が吸い込まれる……そんな話を覚えていたからかもしれない。

切り株椅子に座ってゆっくりと音を奏で始めた。

――かわいそうになあ。

――かわいそうでないものなど、この世にいるものかね。

――ほうれ、たくさん集まってきているでないの。

弾きながら周囲に注意を向けると、あちこちにいくつものヨマブリの気配があった。

垣根を挟んで隼人を取り囲むようにしている。

増えている。そして様子を窺（うかが）っている。

音が彼らを呼び寄せているのは確かだった。

それでは、島のヨマブリが活性化したのは、自分が胡弓を弾くようになったからではないのかと思う。

——そりゃあ。あんたが弾くから湧いてきたんだよ。この島にはたくさんいるだろう。

——良いものも悪いものも。

——一緒に連れて行きなさい。

——本当はもうできるのだろう。

——弥勒節を弾きなさい。

隼人を中心として、ヨマブリたちは数十メートル離れたところを、円を描くようにゆっくりと廻(まわ)り始めた。

ある瞬間から弓は勝手に弦を擦(こす)り始めた。

次第に家の周囲を風が吹き始める。枝が、草が、風で揺れ始める。

百匹ほどの蝶の群れだった。錐揉(きりも)み回転をしながら向かってきた。

胡弓のほんの少し手前で細い線のようになり、そのままひゅるひゅると胡弓の胴に吸い込まれた。

音色の艶(つや)が増したように思った。

ごうごうと風はさらに強く吹き、闇の中の気配も色めきたつ。

己の全身の産毛が総毛立っているのを感じた。鼻血がでてくる。

数百年も前に、この島にはいつも裸で魚をとって暮らす人々が住んでいた。目鼻立ちからして周辺の島の人間たちと違っていた。彼らの名がヨマブリ。

大きな島から、開拓を目的とした人たちが渡ってくる。役人は先住民を教化し、労働と税金を要求する計画をたてたが、先住民たちは、言葉も文字も、農耕の概念も、何ひとつ理解しなかった。衣服を身につけずに、吠え声でしか話さない彼らは人であることを疑われた。すぐに争いが生じた。

手にした石ぐらいしか武器のないヨマブリは槍や弓矢で殺されていった。

移民たちの将来の安全や、ヨマブリを殺すことで自由に使える土地が増えることを考えれば、ヨマブリは一人残らず殺さなければならなかった。虐殺は役人の指示だった。

ヨマブリは岩穴に追い込まれ女も子供もひとまとめに焼き殺された。その岩穴がオモリの天戸岩だった。

森の中の岩穴から数百年にわたって漏れだす怨嗟の呻き。その呻きはそのまま隼人の奏でる胡弓の音色に重なっていく。

明和の大津波で、島の人口は半分になった。

ヨマブリの伝承を持っていた古い家も消滅してしまった。

いつしか島には得体のしれぬものが現れるようになった。接触すれば病気になり、命の危険もある妖しい幻。島民はそれをヨマブリと呼ぶようになった。ヨマブリは熱帯の闇に消えた民族の名から、現象の名に姿を変えたのだ。

誰も祓えなかった。誰も効果のある対策をたてられなかった。存在するのに存在しない。微妙な位置にヨマブリはいた。

黒い小魚の群れのようなものが向かってくる。胡弓を奏でる隼人は、水を張った洗面器の穴となった。ヨマブリは渦の中を回転し、次から次へと穴に吸い込まれていった。音量は普段の十倍にもなり、本来細い音色は、島全体を何重にも包む巨大な風呂敷のように広がっていた。もはや胡弓の音色ではなかったが、不思議に耳障りな喧しさというものがなかった。

暗い。

見上げると月が黒く蠢くものに隠れている。何千もの鳥が音に驚いて空に飛びたっているのだった。

ようやく演奏を止めた。鼻血はシャツをべっとりと汚している。

吸い込まれるヨマブリはもういない。演奏を止めても、耳鳴りなのであろう、音がいつまでも頭の中で反響している。風はどうどうと吹き荒れ続けている。弥勒節を弾いているときには、何やら血なまぐさい物語が頭の中で語られ続けていたが、それがどんなものであったのかよく思いだせない。

座敷に戻ると妻は目を開いて笑っていた。とても嬉しいことがあったときに見せる顔だ。その顔を天井に向けたまま死んでいた。

隼人は妻の目を閉じた。木々を鳴らしていた風が収まり、一瞬静かになった。

胡弓に目をやると弦は全て切れていた。

☆

隼人は浜辺の木陰で膝を抱き、水平線を眺める。

何をする気も起こらずほとんど抜け殻だった。あるいは自身の魂の一部も胡弓に吸い込まれてしまったのか、意識が深海に沈んでいるような心持ちだ。

あの夜、胡弓の音をきいた島民はいなかった。隼人と会った島の誰もが、嵐で風の音がひどかったとだけいった。

隼人はブンガさんにだけは起こったことを話しておこうとしたが、うまく話がまとまらなかった。

「ヨマブリがぼくの家のまわりに群がって」

ブンガさんはいった。

「なんだい？　ヨマブリって？」

「だからヨマブリですよ」

ブンガさんは首を傾げる。

「夜に群がる？　虫か何かかい？」

とぼけているのか、一夜にしてヨマブリのことは島民の記憶から消えたのか。

間を置いてからブンガさんはいった。

「いろいろあって大変だろうが、ずいぶん顔色が悪いよ。大丈夫かい」

胸騒ぎがして、確かにあったはずのヨマブリ注意の看板を捜しに行ったが、誰かが撤去したか、風で飛んだのかどこかになくなってしまっていた。

あの夜から数日して胡弓に新しい弦を張って演奏してみると、音色には妻とその他大勢の声が交ざってきこえた。何を話しているのかは遠い。

妻もヨマブリたちも弥勒節の一部となった。

鷗（かもめ）が上空を旋回している。

意識の底で音が鳴っている。

もうこの島には何もない。

この胡弓を持ってあちこちの島を巡る自分を想像する。川べり、森、集落の道、廃墟（はいきょ）の中、音色に魅かれるものたちを求めて、島からまた次の島へと渡り続ける。いずれは自分も弥勒節の一部となる。考えれば考えるほどそれがごく自然なことのように思えてくる。

水平線に目をやれば、隣の島の影があった。

隼人はじっと虚（うつ）ろな目で、その島を眺め続けた。

# クームン

# 1

妖怪について話題がでるとき、私は自分が育った集落のことを思い出す。

私はさとうきび畑に囲まれた集落で育った。そしてそこには、クームンというものが出没した。

幼年期の黄昏時に、道を歩くそれを見たことがある。

それはもじゃもじゃの頭に着物姿の大人の男だった。独特な足取りで集落の路地を歩いていた。片手に蛇を握っていた。蛇は首根っこをつかまれてぐったりとしていた。

それは、常人にはない古い井戸のような気配を放っていた。

私は一人だった。うまい具合に背後の死角に立っていた。息を呑んで立ち竦んでいる間に、それの姿は角を曲がり消えた。

お化けを見た、と家に帰ってから母に詳細を話すと、母は「夏太、きっとそれはクームンさ」といった。

門や屋根からシーサーが道路を見張り、角という角に魔除けの石敢當が設置されている。

魔除けの魔とはなんなのか、それまでわからなかったが、クームンこそが魔の一種なのだろうと思った。

それ以後、私は一人きりで角を曲がるときには、どうかクームンに出くわさずに家に帰れますように、と胸の内で祈るようになった。

だが、路上でクームンに出くわすことはもうなかった。

集落内に何人か年齢の近い子供たちがいて、よく一緒に遊んだ。私は一番年下で、ニイニィたちに、かわいがられ半分、いじめられ半分の存在だった。

ある日、みんなが道路で集まっているとき、年上連中がクームンの棲(す)みかを知っているから、これから見に行こうといいはじめた。

集落の外れにナカガーという水場があった。「ガー」というのは井戸や泉などを指すこちらの方言である。

ナカガーは、ツタのはった古い石積みの壁から足元の細い水路へと水が流れ落ちている。遊んでいる最中に喉(のど)が渇くと、よくその水を手で掬(すく)って飲んだ。

私たちはナカガーまで移動した。

ナカガーの隣は森だった。クームンの棲みかはその森にあるのだとニイニィたちはいった。

私たちは、道というより踏み跡といったほうがふさわしい樹木のなかの通路を進んだ。

秘境の探検隊の気分だった。

薄暗かった。ガジュマルが気根を垂らしている。木々の茂みに佇む古い亀甲墓の前で、私たちは足をとめた。

「エー、夏太、ちょっと偵察いっとけ」とタケルニィニィが私を促した。私は頷き、年上連中をそこに残して歩を進めた。

道はカーブを描いており、少し進んだところで空間が開け、赤い屋根瓦の平屋が現れた。

他所の家と比べると格段に傷んでいた。窓にガラスは嵌まっていなかったし、屋根の上には草が生えていた。

私は周囲を見まわした。そこらじゅうで、ハイビスカスやブーゲンビリアが咲いていた。

家を取り囲む樹木の枝に、何百もの古い靴がぶら下がっていた。靴は、子供のものから、大人のもの、女性用となんでもあった。靴ひもで、あるいは木の根で枝に結び付けられていた。

花と、ひっそりと静まった廃屋寸前の民家と、ぶら下がった無数の靴。

ここは異常だ、と思った。

私はくるりと踵を返すと、ニィニィたちの待つところに走った。彼らはこれほどまでに危険な偵察任務を私にまかせて酷いと思った。走っていると魔物に追いかけられているような気分になり、泣きながら叫び声をあげた。

ニイニイたちは恐怖にかられた私が、叫びながら走ってくるのを見るや、わあっと背を向けて走りだした。

じりじりとした日光に射られたアスファルトの上に全員が飛びだすと、たちまちのうちに私たちは笑いだした。そして次は何をして遊ぶかを思案するのだった。


クームンについての記憶はいつもどこかしら曖昧だ。

はじめてクームンの敷地に入ってから数年間、私はクームンのことを忘れていた。その期間、クームンもクームンの家も存在しないのと同じだった。誰の話題にものぼらなかった。私は泉の脇に小道があることすら忘れていた。

クームンの敷地に再び足を踏み入れるのは小学三年生のときである。

親が新しい靴を買ってくれたので古い靴を捨てることになった。

そこで私はクームンの家の周囲にぶら下がった無数の靴のことをふと思いだし、どうせ捨てるなら、クームンにあげたらどうかと思いついた。

初めて入ったときの恐怖は薄れていた。不思議なことに、思いつくとそうしなければいけないような気にすらなった。

泉のそばから森の小道に踏みこみ、敷地に入ると、犬の鳴き声がして、あっと思う間もなく、走り寄ってきた仔犬にむしゃぶりつかれた。

少しの間、犬と遊び、ふと顔をあげると、クームン――いつぞやの黄昏時に見かけた男が立っていた。

クームンの顔は無表情だった。もじゃもじゃの髪に着物をきて、夕暮れの森のような隠者の気配を纏っていた。

ここはやはりクームンの家であった。

私は硬直し、小さな声で「く、靴、靴をもってきた」といった。そして慌てながら、袋の中からつま先の破けた運動靴をさしだした。

クームンは笑みを浮かべると靴を受け取り、指で中空に何か文様を描いた。〈ありがとう〉というサインなのだと思った。クームンは靴の匂いを嗅ぎ、嬉しそうに私の靴を木の枝に結んだ。

自分の古靴を喜んでくれたことが嬉しかった。クームンはさほど怖くないことを自分だけが知ったような気がして得意にもなった。

クームンは、私に向かって再び宙に図を描いてみせた。ひょうたんのような図形である。

私は彼が〈靴をもらったお礼は何がいいか〉ときいているように見えた。あるいは神様が〈願いは何か〉といっているようにも。

少しの沈黙があった。無数の鳥の囀りがきこえていた。見回せば、樹木の枝という枝に異常な数の小鳥がとまっていた。私はクームンの棲む森全体が膨大な数の鳥（雀やメジロである）の棲みかになっていることに気がついた。古靴を巣にしているものもたくさんいた。チチチ、ツツツ、キュンキュンという鳥の声は何層にも重なりあい、また入り乱れていた。

私は静かに口にだした。

「おかあがさ、まともになってほしい」

鳥たちがぴたりと囀りをやめ、また間をおいて、囀りはじめた。

昨日の夕方のことだった。母が暴れだしたのだ。酒を飲みすぎだと父が母に注意したのが原因だった。何もかもが不満で、腹が立つ、私が不幸なのは全部おまえのせいなのだ、なんとかしろ。そのように母は泣きわめいた。

父が三十九、母が二十四のときの結婚だったから十五歳の年の差があった。結婚当時から母は酒好きだったが、当時はまだアルコールは大きな問題ではなかった。

私が四歳の頃から母は、泡盛を朝から飲み始めたり、料理や洗濯を全くやらなかったり、猛烈な勢いでわめいたりするようになった。狭量な上にくどい性格で、同じ愚痴を何度も繰り返した。つきあうのが大変な人間だった。もちろん、それでも私は母が大好きだった。

クームンはほんの少し哀しそうな顔をして、指で何かを宙に描いた。がんばれ、という意味だと思った。

それからクームンは縁側に向かった。私はそっと寄ってみた。縁側にはおそらく靴ひもと思われるものが無数に散らばっていた。クームンは器用な手つきでひもをほぐしたり、束ねたり、よじったりして、縄を編んでいた。おそらくさきほどまでしていた仕事に戻ったのだろう。いったん取りかかるともう一心不乱で、私の姿も目に入らないようだった。よく見ると、クームンのもじゃもじゃ頭にも靴ひもがからんで交じっていた。

縄を編むクームンからは、集中している職人のような、近寄りがたい雰囲気があり、私はそっとその場から離れた。

その後、少しして母が酒をやめた。性格も少し角がとれ、あまり暴れなくなった。禁酒はあくまでも母の強固な意思であり、クームンのことなど何の関係もなかったかもしれないが、私は心のどこかで、自分がクームンに願をかけたことと結びつけていた。

童話的な空想だが、集落じゅうの人間から目に見えない細い〈糸〉がでていて、それがみな地中や壁沿いにクームンの家まで伸びているのだと想像した。

クームンはあの無数の鳥たちを通じて、集落に起こる何もかもを知っている。クームンに願いをかけると、その糸を上手に編んだり、切ったり結んだりして、万事うまくいくように操ってくれる。

鳥の囀りに包まれた不思議な空間のことはすぐに遠い昔に見た夢のような記憶となった。クームンはしばらくの間、私の意識から消えた。


小学五年生になった。学校帰りだった。集落近くの人気のない公園に見かけない少女がいた。少女は何をするともなしにベンチに座っており、通りがかった私と目が合った。

少女も私と同じぐらいの年齢に見えた。

少女は、私のほうに歩いてきていった。

「このへんの子？」

「そうだけど」

話をきくと、彼女は隣の小学校区の女の子だった。名を真紀子という。学年もやはり私と同じ五年生だった。

「オレ、夏太。よろしくね」

「このへんで、誰も人がこないところない？」

「なんでよ？」

「隠れたいの」

「隠れんぼ？」一人で？

「違う」

真紀子はちょっとやばい人を怒らせてしまい、こちらまで逃げてきたのだと説明した。

「やばいってどんな人？」

「わあ、きたって」真紀子は私の問いには答えずに腰をあげた。

公園の入口に、短パンにサンダル姿の大人の男がいた。運動不足なのか青白くたるんだ雰囲気の中年男で、無精ひげを生やしていた。

「えー真紀子」男はいった。「ぬーがやー」

明らかに危険な空気を放っていた。シャツには返り血のような染みがついていた。真紀子のいう〈やばい人〉であった。

「許さんよぉ！」

「あいつあいつ。逃げよう」

私たちは男が立っているのと反対側の出口に向かって走った。

真紀子と一緒に逃走しながら、私の脳裏に、久方ぶりにクームンの家が浮かんだ。

「いいところ知っている」

ナカガーの脇から薄暗い藪（やぶ）の中の道に入る。

クームンの敷地に出ると、真紀子は不安げにあたりを見回した。

その空間は相変わらず、膨大な鳥の囀りに包まれていた。

「ここ、クームンの家」

「ふうん」彼女は小さくいって、あちこちにぶら下がる無数の靴を眺めた。

「凄（すご）い靴」

「靴を持ってくるとクームンが願いをきいてくれるんだ」

実体験から私がそう思っているだけだったが、口にだすと大昔から決まっていることのような気がした。

「沖縄じゅうの鳥が集まっているみたい」

家主のクームンは姿を見せなかった。

「クームン」私は呼んでみた。

ひっと真紀子は叫び声をあげ、私の肩を押すと、小声で怒ったようにいった。

「ちょっと、呼ばないでよ」

「大丈夫だよ。クームンやさしいよ」

縁側には汚れた木箱が置かれていた。のぞくと大量の靴ひもと、それで編んだ縄が入っていた。

私が縁側に座っても、真紀子は少し離れたところに遠慮をして立っていたが、やがて誰もこないとわかると私の隣に座った。

「さっきの公園の人だれ？」

「ああ。敏夫（としお）おじさん」

真紀子は怒ったようにいった。

「あたしん家（ち）にいる人」

「血じらーついてた」

「あれ血じゃなくて、醤油。わったーの人形を踏んだから醤油をかけて逃げてきたってば。そうしたら追いかけてきて」

「それは怒るよ」

家庭内暴力はどこにでもあると私は思った。だいぶ前のことだが、私の家でも母が木刀で父を追いまわして打ちすえたことがある。そのときは救急車を呼ぶ騒ぎになった。私がその事件のことを話すと、真紀子は笑った。

「普段はそんなひどくないけどね」

私たちはあっという間に親密になっていた。お互いの小学校のことや、夏休みにいった場所や、読んだ本のことを話した。女と一緒にいるとからかわれることもここならない。

鳥の囀りに包まれたここは、車の排気音などの外界の音がまったくきこえず、妙に心安らぐ居心地の良さがあった。

「クームンは私がいても怒らない？」

真紀子は不安そうにきいた。

「たぶん怒らないよ」

「ここにずっと隠れていても大丈夫かな」

「きいてみないと」

クームンはどこかに出かけているのかまだ現れない。

私は真紀子と一緒に家の裏手を少しのぞいてみた。裏には積み上げられた薪(たきぎ)があり、やはり軒下に無数の靴がぶら下がっていた。

私は真紀子をそのままにし、単身外に出て、自分の家の冷蔵庫から、黒糖のお菓子と、ペットボトルのお茶をとって戻ってきた。真紀子は「いらない」とか、「夏太が食べればいいさ」などといって拒否したが、結局は手をだした。

真紀子はあーあ、と伸びをした。

「敏夫おじさん、厭(いや)だな。帰りたくないや。とにかく今はまずいから、真紀子がここに隠れていること、誰にもいわないでくれる？　後で適当に一人で帰れるから」

私は了承した。

クームンは結局現れなかった。夕暮れ時に私は真紀子を残して家に帰った。

夕食後、じっと机にひじをついて真紀子のことを考えた。彼女はもう家に帰っただろうか？　私はもっと真紀子の役にたちたかった。

なんとなくそわそわとしながら居間に出ると、ちょうど九時のニュースをやっていた。

その当時、私はテレビといえばアニメやバラエティなどの娯楽番組だけで、ニュースを見ることはほとんどなかった。見ても内容をよく理解できなかったからだが、このとき居間にいた母親が「おお、これは近所だ。危ないねえ」といったのでテレビ画面に注目した。

〈本日、午後三時半ごろ、○○町の上里遼平さん（39）宅で、妻の琉美さん（34）が、血を流して倒れているとの通報がありました。琉美さんは病院に運ばれた後に死亡が確認されました。長女の真紀子さん（10）と、遼平さんの同居の弟の、上里敏夫さん（36）が現在行方がわからなくなっており、県警は敏夫さんが事情を知っているとみて捜索しています〉

これはまさに真紀子の家の事件だった。彼女の口ぶりは「こんなのはよくあることだ」といった風だったが、まさかここまで大事件になっているとは知らなかったにちがいない。

やがて番組が変わった。母親は歌謡番組を見ながら煙草に火をつけ、受話器片手に友人と電話をはじめた。父親は何かの会合だとかで遅くなるそうであった。

私は親に相談しようと思わなかった。なんとなくクームンの敷地に女の子を案内したことを知られたら怒られるような気がしたし、〈誰にもいわない〉は、真紀子との約束だった。

翌日は朝の五時まえに起きた。冷蔵庫からサータアンダギーの袋とお茶の入ったペットボトルを取り出すと、遠くの空が明るんでくる時間帯に、そっと家を出て、クームンの敷地に向かった。

彼女はまだいるだろうか？　それとも夜のうちに家に帰っただろうか？

鳥もまだ眠っているのか、あたりは静まっていた。小さな声で、「おおい」と呼んだ。

しばらく待つと、昨日と同じ服装の真紀子が現れた。

「あ、いた。まだいた。よかった」

私は真紀子が無事にいたことで安堵した。

真紀子はむっつりとした顔で私を見た。

「おはよう」

「おはよう。ここで寝たの？」

真紀子は小さくうなずいた。泣いた痕があった。

サーターアンダギーの入った袋を渡すと、彼女の顔から不機嫌がとれ、目が輝いた。

話しているとクームンがでてきた。私は、おはようございます、と頭を下げた。クームンは相変わらず無表情で、怒っているのかそうでないのかよくわからなかった。

クームンと私と真紀子の三人は家の縁側に並んで座った。三人で私の持参したサーターアンダギーを食べた。日中は三十度近くになるものの、十月の夜明け前は少々肌寒かった。

そうしている間に、雀たちが目覚め、あたりはまた囀りでいっぱいになった。

私はニュースを見たことを真紀子に話した。彼女の母が刺殺されていることは、とても話せなかった。ただ、みんなが捜しているから警察に出頭すべきだとだけいった。

「警察はいいよお」母が刺殺されていることを知らない真紀子はうんざりとした様子でいった。「家に直接帰るよ」

「そうか」私はいった。「一緒に行くよ」

敏夫おじさんがまだうろついているかもしれないし、少しでも長く彼女といたかった。頼りになる奴だ、と彼女に思ってほしかった。

「ここ、トイレあるの？」

真紀子が私にきいた。私が、どうなの、とクームンの顔を見ると、クームンは首を横に振り、指で図を描いた。

早く行け、といっているように見えた。

クームンは少しきつい顔でまた同じ図を宙に描いた。釣針のような、何かをフックにひっかけているような図形だった。靴をもってこないならくるな、といっているのか。

すっと指が出口を指す。

——もうでていけ。

考えてみれば、クームンが私の友達で、寛大な大人だというのは、何の根拠もない願望混じりの思いこみだった。子供がここにいることが迷惑なのだと思った。

私は真紀子に囁（ささや）いた。

「もういこう、クームン怒っている。トイレは公園に公衆トイレがあった」

住宅街にでると、真紀子は私の手を、ぎゅっと握った。私たちは手をつないで歩いた。顔が火照(ほて)った。

朝の六時ぐらいだった。犬の散歩をする人とすれ違ったぐらいで、道にほとんど人気(ひとけ)はなかった。

公衆トイレのある公園に寄り、再び歩きはじめる。

「こっちも結構面白いね。またこっちに遊びにくるから」

真紀子はいった。

「うん」

そのときは一緒に遊ぼうとはいえなかった。それはとても恥ずかしいことだった。

「送ってくれてありがと」

私たちはクームンについては語らないことにしよう、と決めた。やがてパトカーが脇にとまった。ウィンドウが開き、警官がいった。

「ぼくたち、こんな朝からどこいくの」

私たちは警察署に連れていかれた。生まれて初めて乗るパトカーであった。警察署は秋の交通安全の垂れ幕がかかった大きな建物だった。

私は邪魔な子供だった。警察官は私がただの路上で知り合った付き添いの小学生とわかると、事情をきくために後で呼ぶこともあるかもしれないが、いったん帰って学校に行くようにと私の家に電話をいれた。

母親が警察署まで車で迎えにきた。なぜ親に報告しないのかとこっぴどく怒られた。

そのようにして束の間の非日常は終わった。

ニュースを見ておぼえた彼女の名前、上里真紀子をノートに何度も書いたり、偶然どこかで彼女と会うことを夢想した。初恋だった。だが今度遊びにくるといった彼女が、私の生活圏に再び姿を現すことはもうなかった。

その当時、私にとってこの事件は、クームンの敷地に隠れていた真紀子との邂逅の記憶が全てだった。

後に私は人の噂などから上里家の事件の詳細を知る。

事件の全貌は次のようなものだ。

真紀子の父遼平と、敏夫は兄弟で、もともと同じ家に住んでいた。兄の遼平が妻の琉美を娶ってから、弟の敏夫はいったん内地に行ったが、また戻ってきた。五年ほど勤めていた愛知県の工場での仕事を解雇されたからである。

真紀子の祖母――兄弟の母親が死去したため、遼平と琉美の暮らす家には、部屋の空きができていた。就職したらまた出ていくからと、条件つきの出戻りだったが、一年、二年たっても敏夫の就職は決まらなかった。

家庭内はぎくしゃくとしはじめた。遼平の妻の琉美は同じ屋根の下にいる夫の弟、敏夫を嫌っていたからだ。敏夫は家に金を入れるわけでもなく、琉美の作った料理の味に文句をいったり、買い物に注文をつけたりする。さらには、朝からソファに寝転がり、琉美の掃除機の音がうるさくて落ちつかないと怒ったりするのである。

そのことで何度かぶつかりあいもあった。

「いい年をした義弟が家にいるのは落ちつかない。なんとか、別々に暮らすようにできないか」

琉美は夫に懇願した。夫は敏夫にその話をした。

「あの腐れ嫁は、俺を追いだすつもりか」と、敏夫は逆上した。

真紀子が学校から帰ってくると、彼女の母――琉美と敏夫が激しく口論していた。敏夫は琉美に向かって何事かわめきながら真紀子が大事にしていた人形を、足で踏みつけていた。真紀子はそんな敏夫に「死ね」と叫び、醤油瓶を投げつけて逃げたのだ。真紀子は家を飛び出し、敏夫は後を追いかけてきた。この時点で私と真紀子が公園で会ったのだ。

その後敏夫は一人で家に戻るが、琉美と再び喧嘩になった。その喧嘩は刃傷沙汰に発展し、半ば当たるまいと思って投げつけた包丁が腹に刺さった。遼平は事件の時間帯には仕事に出かけて留守だった。

敏夫は警察と救急車を電話で呼んでから、ふらふらと再び家を飛び出し、行方不明となった。琉美は病院に搬送される際に、救急隊員に敏夫が自分を刺したことを話していた。その後、出血多量で死亡した。

上里敏夫はいつまでも捕まらなかった。私は彼が、路上のどこかを魔物のようにさまよっていることを想像し、恐怖した。

小学校も卒業が近くなった頃だ。私はクームンの敷地に古靴をもって入った。

その頃になると、私はこの空間が再び怖くなってきていた。相変わらず薄暗く、異常な数の鳥の囀(さえず)りに包まれている。クームンが何者なのかもさっぱりわからない。留守なのか誰も出てこなかった。古靴を結べば願いが叶(かな)う。いつのまにか自分で考えた設定を自分で信じていた。私は枝に靴を結び、願をかけた。

願いごとは、真紀子とまた会えますように、というもの。

それからすぐ私たち一家は、その集落を後にした。父親の転勤で、福岡に行くことになったのだ。以後沖縄に戻ることはもうなかった。

そして、その後とても長い間、クームンは私の記憶から姿を消した。

2

私は中学、高校時代を福岡で過ごしたが、大学で東京に行った。

気がつけば二十六歳になっていた。

私は東京の図書館に就職し、そこで司書をしていた。

ある日、一人の若い女性が図書カードを作成した。中込用紙に書かれた名前を見て、何かが胸に引っかかった。

上里真紀子。

そっと顔を見ると、眼鏡にショートカットの二十代に見える女だった。

どこかで聞いた名前だが、誰だったろうか？

ふいに頭の中に、何千もの雀の囀りが生じ、去っていった。次の瞬間には全て思い出していた。

私が呆然と放心していたのだろう。「どうしました？」と、女がきいた。

「いえ、すみません」

慌てて手を動かした。

上里という名前は沖縄には多く、また真紀子という名も、唯一無二というわけではない。だがここにいるのは、私の知る女なのだと確信していた。

恐るべき偶然である。かたや図書館の司書、かたやカウンターを挟んだ利用者。

私の隣には少々口うるさい上司が座っていた。もちろん異性の利用者に個人的な話をするなど業務規定に反する。さらに私は軽いパニックにも陥っていたので、そのときは何もしなかった。

家に帰ってから、声をかけなかったことを後悔した。だが私の勤める図書館に本を借りにくる彼女は、当然、その市内の住人だった。

一週間後、私はスーパーの駐車場で彼女を見かけ、今度は声をかけた。

「あの、上里真紀子さん、ですよね」

彼女は怪訝そうに私を見た。

「そうです、けど？」

私は素早くいった。

「ぼくは沖縄で一度あったことのあるものです。子供のころ、ぼくの住んでいた家の近くにあなたがきて……」

「なんのこと」

彼女の家があった集落の名をだすと、確かにかつてそこに住んでいたことがあると答えた。

「じゃあ、やっぱり真紀子さんだ」

彼女のほうも、集落名がでてきたことで、私のことを本当に旧知の誰かと思ったのだろう。少し表情が緩んだ。

「私、あそこで暮らしたのは、小学校までだったから、けっこう友達のこととか忘れていて、ごめんなさい」

「ぼくも小学校までだったんですよ」

「そうなんですか。あ、でも顔も子供と大人で変わっているでしょう、よくこんな路上で、私のことを……あれ、変ね、どうしてわかったの」

「それは、あの」いうべきことか迷ったが隠せばもっと怪しまれる。「ぼくここの図書館の司書をしているんです。それで利用者登録の名前を見ました。名前を、見て、まさか、ああでもきっとそうだ、と思って、懐かしくて、それで……あのすみません」ほとんど破れかぶれな気持ちで「時間があったらこれから昼食でも一緒にどうですか」といった。「この先にオムレツがうまい店が」

彼女は微笑んだ。

三十分後には店の中で、私たちはデミグラスソースのかかったオムレツを食べていた。

「家に大変なことがあったでしょう。それで、逃げてきて、ほら、クームンの家に泊まって」

彼女は額に手をあて、考え込んだ。そしてぽつりといった。

「なんかそんなのあった気がする」

少しの間の後、彼女は、あっと小さく叫んだ。

「うんあった。あった、あった。変な家に泊まった。靴がいっぱいぶら下がっているところ。ごめんね、あんまりおぼえていなくて。あの事件の後引っ越して小学校もかわったんだけど、もう前のところに住んでいたときのこととか曖昧だから」

「ごめん、変なこと思い出させて」

「ううん、大丈夫。というか、今、なんかワクワクした気分」

私も同じだった。目の前の人間が、遥か南の遠い集落の記憶を共有している。何か胸がくすぐられるような気分だった。

「信じられない、まさか今、私の前にいるのが、あのときの男の子？」

「東京は家族で？」

「ううん。高校までお父さんと一緒だったけど、お父さん再婚して、私の居場所もなくてね。今は一人暮らしだよ。遊びにくる？」

これをきっかけに、私と彼女は仲を深め、恋人どうしとなった。半年後には私たちは同棲していた。

## 3

その後、沖縄のことはあまり話題にでなかった。彼女の母親の死は、真紀子が醤油瓶を投げつけ、敏夫おじさんを逆上させたこと、そしていつまでも家に戻らないことで、彼らに口論の種を播いたことが、凶行のきっかけにならなかったとはいいきれない。真紀子にとっては、思い出すのが辛い日であるにちがいなかった。何度も話題にだすほど私は野暮ではなかった。

真紀子によれば、殺人犯の上里敏夫はまだ捕まっていないということだった。

ある真夜中、ベッドの中で真紀子は私を揺り起こした。こわい夢でも見たのか、ときくと彼女はいった。

「なんだかふと目が覚めて、眠れなくて考えていたんだけど、クームンってなあに？」

「クームン？」

質問の意味がわからず戸惑った。

「夏太、よくクームンの家っていうさ。クームンが、とか、クームンにとか」

暗い部屋で、彼女は私の胸に手をあてていた。

「真紀子が子供の頃、家出して泊まったのがクームンの家だってば」

「ただの変な空き家でしょ。クームンなんていなかったけど」

驚くべきことに、あの事件の日、真紀子はクームンの姿を一度も見ていないという。家はほとんど廃屋同然のところで、誰もいなかったというのだ。

「そんなはずはないよ」私はいった。「だって朝、クームンと一緒にアンダギー食べただろ」

早朝、真紀子とクームンと私は三人で縁側に座っていたはずだ。

真紀子はしばらく無言だった。

「うん、夏太のもってきたアンダギーは食べたよ。でも、そのときクームンなんていなかった。夏太だけ」

「いたって。縄を編んでる人だよ。ほぐした靴ひもで」

「だから何なのよ、それ。現実なの？　お化けなの？」

現実？　私は混乱した。クームンなどというものが現実にいないのなら、そう──私がクームンと呼んでいた誰かが、あるいは何かが、いたはずなのだ。いや、いたのだろうか？　あそこは真紀子のいう通りの廃屋で、私が勝手に空想の遊びをしていたのではなかったか？　一体どれが本当なのか自分でもわからなかった。

「お化けなのね」

「そうかも」

「私ね、ずっと忘れていたけど、あそこに泊まった晩、幽霊というか妖怪というか、何かがきたような気がする。もしかしたら、それがクームンかな」

「何があったの？」

　真紀子は小さい声でいった。

「家のなかで寝ていたのね。灯りがなくて真っ暗だった。布団がないから寒くて、壁に体を持たせかけて縮まっていたの。はやく朝になればいいって思っていた。今考えればすぐに帰ればいいのだけど、そのときはとにかく一晩はここにいようと決めていたのね。そうしたら真夜中に、ざっく、ざっくざっく、と敷地に人が入ってくる音がした。足音からして大人だった。もう怖くて息を殺していたよ。

　どん、どどん、て、私を脅かすみたいに大きな音がして、しばらく音が続いてから、お化けの声のようなものがしたのよ」

「お化けの声って」

「わかんないよ。忘れたよ。思いだしたくないよ。ぞっとするような声だよ。気持ち悪い、と思って、すぐに耳を塞いで、目もぎゅっと瞑って、神様助けてくださいと心の中で百回唱えてから、そっと耳から手を離したの。そうしたらもう音はしなかった。お化けが本当にいるのなら、あの音がそれだったのかも。クームンかな？」

　それはクームンではない、と思った。だがわからない。

「朝まで眠れなかった。あそこまで怖い思いをしたことってないかも。翌日、夏太がきたときには本当に嬉しかった。ありがとう」

「真紀子にまた会えますようにって、あそこで枝に靴をかけて願ったんだよ」

私はそういって真紀子の手を握った。真紀子は指をからめて握り返した。

「私、あの晩のこと考えると、本当に怖くなる」

「もう忘れたらいい」

真紀子は規則正しい寝息をたてている。

私は真夜中に天井を眺めながら考える。

いったん家に戻った敏夫おじさんは、兄嫁の琉美を殺害し、外に逃げ出す。

パトカーの姿を道の先に見ては、さっと姿を隠す逃亡者。夜になっても行き場所はない。喉が渇いてナカガーの泉の水を飲み、誰もこないところで休もうと、森の中に足を踏み入れる。あるいは、クームンの家のことを知っていたのかもしれない。

ざっくざっくざっく、と足音。

クームンの家は静まりかえっている。暗いからあちこちにぶつかり大きな音をたてる。どん、どどん。

敏夫おじさんは庭先で、一本の縄を発見する。編んだばかりの丈夫な縄だ。おじさんは縄を手にし、しげしげとそれを眺める。ちょうどよいものがあった、と思う。

次に、それをひっかける場所を探しながら、ガタゴトと大きな物音をたて、家の裏手に手頃な場所、軒下か木の枝を見つける。そこに縄をくくり――。

つまり、家の中で恐怖に縮んでいた真紀子のきいたお化けの声とは、首つりに及んだ敏夫おじさんの断末魔の声ではなかったか。

クームンはあの朝、子供がトイレを探しに家の裏手にいくことを拒んだ。そして宙に図形をかいた。何かがぶら下がっているような図形を。

ただの推測だ。私は目を瞑る。何もかも曖昧な遠い昔の辺境の話だ。

無数の靴がぶら下がった空間が、幻のように脳裏に浮かび、夢におちていく。

敏夫おじさんはなぜ見つからないのか。

敏夫おじさんは、死の直前、木にぶら下がりながら願ったのかもしれない。どうか誰にも見つかりませんように、と。


それからずっと後――中年といっていい年齢になってから――私は単身、那覇空港に降り立った。

友人が那覇に移住し、ラーメン屋を開いたというので、会いに行こうと思い立ち、また沖縄に対する望郷の念にもかられ、飛行機のチケットを買ったのだ。

空港からレンタカーで四十分。私はかつて自分が暮らした集落を目指した。

懐かしい集落はあまり変わっておらず、ナカガーも記憶の通りにあった。

しかしクームンの棲(す)みかに続く小道は消えていて、森の周囲の道をいろいろ試してみたものの、結局、さとうきび畑の中に抜けてしまうだけで、奥へ辿り着くことはできなかった。

そうしたわけで、クームンが結局なんだったのか、未だに私にはわからないのだ。

# ニョラ穴

## 和重の手記

私はつい最近、怪物の手により現実を剥奪されました。

この手記は半ば遺書のつもりで書いています。もしも手記の傍らに死体があるとすれば、それは私です。

手遅れにならぬ前に記しておきましょう。これを読んでいるあなたがなんらかの理由でニョラの支配する無人島、アナカ島にいるのであれば、決して奥の洞窟に近づいてはなりません。

私は○島、○町の謝花和重というものです。現在二十四歳で、高校を卒業した後は、漁を手伝ったり、さとうきび畑を手伝ったり、内地に出稼ぎにいったりと、ふらふらと生きてきました。

今思えば、得難き幸福だったそんな日々からの転落は、唐突に訪れました。

六月のある晩、私は○島の居酒屋の扉を開きました。去年の冬に内地からやってきて、この店で働いている二十二歳の女の子のことが気になっていたのです。

店内を見回すと、客は三人しかいませんでした。隅では、無精ひげを生やした男がちょうど胡弓（こきゅう）の演奏をやめたところでした。

店内にもカウンターの向こう側にも目当ての女の子の姿はなく、「マナちゃん、きょう休みね？」と同級生でもある店主にたずねると、店主は苦笑して、マナちゃんは数日前に店を辞めて、島をでていってしまったといいました。

私は失恋に肩を落としました。何度か遊んだこともあるのに、お別れの一言もなく島を去ったという事実には、怒りすら湧いてきたものです。

ビールを一杯飲んだところで、端のほうのテーブルに、観光客と思われる男が一人で酒を飲んでいるのが目に入りました。薄い髪に、げじげじ眉（まゆ）の男でした。私が、どこからきましたかと声をかけると、男は神奈川からきたと答えました。男のテーブルに移ってフーチャンプルーを食べながら話をしているうちに、何杯かおごってもらいました。

漁師小屋に酒があるので、ここでおごってもらったお礼に一緒に飲もうと、彼を誘いました。さほどその男との話が盛り上がったわけではないのですが、失恋の寂しさから独りぼっちで夜を過ごしたくなかったのです。

漁師小屋は浜辺の近くの木造のあばら屋で、銛（もり）や網などの漁具があちこちに置かれています。休憩するための座敷があり、そこで泡盛の瓶を前にして男と向かいあって座りました。

いろんな話をしました。男はこちらには何日か滞在しているといいます。きれいな海が目当てかときくと、海にたいした興味はないと答え、遠い目をします。

男は誰か人捜しをしているようなことをいうのですが、どんな人間をなんのために捜しているのか、ということには口を噤みます。沖縄が好きかというと、さほど好きではない。捜している人に会ったら、二度とこないだろう、と答えます。

しばらくすると、私は自分の前にいる男が、どうでもいい会話の揚げ足をとったり、人を馬鹿にしたような当てこすりをすることに気がつき、不愉快な気分になっていきました。

私には酔っているときに侮辱を感じるとすぐに手がでてしまうという、たいへん恥ずかしい悪癖があります。いい大人ながら、どっしりと鷹揚に構えることができず、細かいことにとても過敏なのです。

殴りました。記憶はそこで途切れています。

ふと喉が渇いて目が覚めました。頭痛がしていました。深夜の漁師小屋を裸電球の光が照らしています。

見れば、一緒に飲んでいた男が土間に倒れているではないですか。

酔いが一気に引いていきました。

「おじさん」

私は座敷からおりると男の体を起こしました。男の顔は腫れて、鼻に血がこびりついています。さらに悪いことに白目を剝き脱力しています。

「ああ、ごめんなさい、ごめんなさい」

男に対する憎悪は消えていました。代わりにパニックがやってきていました。

「大丈夫？　ねえ、大丈夫ですか？」

脈も呼吸も止まっていました。

男の後頭部のところには踏み石があったので、頭をぶつけたのかもしれません。

腕時計を見ると深夜二時でした。大急ぎで私は、マモルにいにいと呼んで慕っている従兄の家に向かいました。彼は島で配管工と農家を兼業していて、私よりも六歳上、三十の男です。

マモルにいにいの家は漁師小屋から歩いて五分のところにある平屋です。灯りは消えていたので、庭からマモルにいにいの部屋の網戸をからからとひらきました。そして眠っているマモルにいにいを揺さぶり起こしました。

「マモルにいにい、夜中にごめん。たいへんだ、俺、人を殺しちまった」

私は囁き声でいいました。

二人で漁師小屋に向かいました。マモルにいにいはうんざりとした顔でいいます。

「やーが酔っ払って勘違いしているだけで、そのあんちゃん寝ているだけじゃねえんか」

そうであるなら、どれほど良いか。

扉を開くと、死体は私が寝かしたまま土間にありました。

マモルにいにいは、うっと息を呑み、私がやったのと同じように生死の確認をしてから、ああ、と呻き声をあげました。

「どうしよう？ なんか酔っていてあまりおぼえてないんだけど、わじわじしてきて、殴って死なしてしまったさ」

「だいたい、やーは人より力が強いんだから、いつでも手加減しろっていっただろ。このフラー。ここにいたことは誰が知っている？」

わからない、と答えました。居酒屋から二人で漁師小屋にいったことは知られていないはずですが、島にはあちこちに目があるので、見られていないとも限りません。

マモルにいにいは腕を組んでしばらく考えました。

「もしも、やーが自首するのがいやで試してみるってんなら、こういうのはどうだ？」

沈黙の後、マモルにいにいは隠蔽工作の筋書きを話し始めました。

「まずこの人を、かわいそうだがやーの舟に乗せて海にでる。ほれ、あの小舟」

「海に」

私は呟きました。

私は祖父から小舟をもらっていて、港ではなく浜辺においてありました。船外機もついていて、よくそれでリーフの外に魚をとりにいったり、漁の手伝いをしたり、仲間と遊ぶのに使ったりしていました。

浜は漁師小屋のすぐ前ですから、死体を引きずって乗せるには三十分もかからないし、海水浴場でもないので、夜は人目がありません。

「そう、今すぐ舟に乗せて。まだ暗いうちに沖にでるさ。普段、潜る人間がいないところで、水深があって鮫がいるところまでいって、沈めてしまえばいい」

「いいかな？」

「いいか、悪いかって犯罪さ。でもやるんなら、黙っていてやる。続きだ。死体を捨ててから、そのままどこか近くの無人島に渡る。この浜からだったらアナカ島か。あそこは森の中に泉があるときいたことがある。水さえあればなんとかなるだろ。こっちでは一日待ってから、夕方ぐらいに和重がいないようだ、ということで騒いでみる」

マモルにいにいのアイディアは、死体を海に捨てた後、遭難を偽装するというものでした。

アナカ島に身を潜め、乗ってきた小舟は海に流しておく。そして、捜索にきたヘリだか、船だかが、無人島で手を振っている私を発見、救出する。救助された後、観光客の男で行方不明になっているのがいるけれど知らないかという話にきっとなる。

ああ、知っています。飲み屋さんで出会い、意気投合して、一緒に早朝の釣りにでた。

沖合いで大きな波に横からやられて転覆してしまった。自分は命からがら無人島まで泳いだが、一緒にいた人のことはわからない――。

うまくいっても、何かの罪になるかもしれませんが、〈殴って殺した〉よりはずっと軽いはずです。

私はこの手記で「死体を捨てることにしたのは従兄がそそのかしたからだ」と責任転嫁の言い訳をしたいわけではありません。マモルにいにいのことを書くのは仁義に反するような気もします。ただこれは最期の手記にもなるので、私の人生の転落の夜にあった詳細を、正確に記しておくべきだと感じているのです。

もちろん全ての責任は私にあります。最終的に決断したのは私ですし、海に捨てるというアイディアも、従兄にいわれる前から脳裏にあったことでした。従兄の意見は《そうか、マモルにいにいも同じことを考えるんだ》と、行動の後押しをしたにすぎません。

マモルにいにいは、俺はここにはいなかったことにする。関わりたくないから、どんな行動をとるにしろ、決して俺の名をだすなよ、といってその場を去りました。

素早く準備をしました。舟に死体を積み込み、上からビニールシートをかけ、釣り道具を放り込み、水の入ったペットボトルと、空の一升瓶を放り込みます。

腕の時計を見ると四時過ぎでした。しばらくすれば夜明けがやってきます。

海の上を、月光を浴びた雲がぐんぐん流れていました。

私は出航しました。

☆

リーフの外にでると、ぐっと水深は深くなり、また風を遮るものがないので波も高くなります。揺れる船内で、死体の服は脱がさずに、一升瓶で水を飲ませ、また水を入れた一升瓶を重石(おもし)代わりに服に入れました。

自分の島の灯りが見えます。岬の灯台が光っています。

死体をへりに寄せると重みで舟が傾きました。私はうまくバランスをとりながら、足を使って死体を海に落としました。

死体は黒い海にするっと沈んでいきました。

「堪忍してな、堪忍してな」

手をあわせます。

夜の海はいつになく恐ろしく、あの観光客が水の下をついてきているような気がしました。

ぐらりと舟が揺れるたびに、私は手をあわせて祈りました。

アナヵ島に到着したのは、午前九時でした。

浜辺と岩場に周囲を囲まれ、中央部はジャングルになっている小さな島です。

今は無人島ですが、百年ほど前に少数ながら入植者がいたときいたことがありました。

ずっと前に一度だけ、仲間たちと上陸したこともありましたが、浜で一休みして船に戻っただけだったので、ほとんど何も知りません。

到着したころには、風はさらに強まり、波も高くなってきていました。濡(ぬ)れた砂を踏みながら、これなら舟の転覆の話も説得力をもちそうだと思いました。ダイビングサービスや、漁師の船に見られたらと心配でしたが、ここまでくればひとまず安心です。

とりあえず舟を浜辺の奥の、木々の茂みの中に隠しました。無人島ですから、すぐに海に流してしまうには心理的に躊躇(ためら)いがあったのです。

雲がでてきてぽつぽつと雨が降り始めました。

私は木の枝の間にビニールシートで天幕を張ると、その陰に身を横たえました。眠ろうとしましたが蟻が体中を這(は)いずり回るので、なかなか眠れませんでした。

自分が殺したげじげじ眉(まゆ)の男が何度も夢にでてきました。起きても男の気配が背後にはりついているようでした。

ばたばたとビニールシートが風にあおられる音で目覚めると、雨は止んでいました。時計を見ると午後一時でした。胃が重く、吐きました。

その頃になってようやく《本当に自分が殺したのか》と思い始めました。本当の死因は、酒が入った状態で急な運動をしたせいで心臓がとまったとか、吐瀉物が喉につまったというあたりではないのか。もともと何かの病気を患っていたということだってありえる。もしそうだとすれば、自首しても自分に罪はなかったのではないか？　でもそれは裁判をしないとわからないことです。殴らなければ死ななかったといわれたら、返す言葉はありません。なんにせよ、もう終わったことです。悔いても仕方がない。後はごまかし通すより他にないのだ、と思いました。

島の探索を開始しました。なるべく林の中を歩くように気をつけました。

小川があったので遡ってみると、森の中に落差二メートルほどの小さな滝が現れました。泉とはここのことでしょう。ペットボトルに水を補給し、ついでに水浴びもしました。

泉から少し離れたところに洞窟を見つけました。入り口の前に石の香炉が置かれています。ぽっかりと開いた真っ暗な穴から、何か得体のしれない気配が漂っていました。すぐにそこからは退散しました。

さらに歩き回ると廃屋を発見しました。コンクリートブロックを積んだ小屋で、雨よけにはなりそうです。救出されるまで、ここで暮らすことは可能だと判断しました。

舟を再び海にだします。リーフの外まで持っていき、沖に流すと、泳いで浜辺に戻りました。背泳ぎで海面を漂いながら見上げる空には晴れ間が覗いています。真っ青な部分を見ていると涙がでてきました。

海水に濡れた体を洗おうと再び滝にいったところで、私は蒼白になりました。

上半身裸の男が背を向けて水を浴びていたからです。

男は振り向きました。髪に白いものが交じっていますが、引きしまった体つきをしていました。

「あい、しかんだ」

「こんにちは」ここは最も近い有人島から十キロも離れた無人島なのにどうして、と思いながら私は小さく挨拶しました。

「あんた、どっからきたの」

男の目にはありありと警戒の色が浮かんでいました。私はおずおずといいました。

「自分、あの、遭難してしまったんですよ」

「はっさぶよ、そう、なん」男は、驚きだ、というように間の抜けた声をだしました。

ここで何をしているのですか、ときいても、ああ、だからよ、などとごまかすばかりです。

アダンの茂みの奥にテントが張られていました。テントの床は、どこかから手に入れたのか朽ちかけた板パレットが置かれ、流木の椅子や、バケツなども置かれています。

ハンモックもあります。

装備からして遭難者ではないようです。本格的に暮らしているようでした。

男はテントの前の流木の椅子に座り、私は促されるまま、逆さまにしたオイルの缶に腰かけました。

「はい、では自己紹介をよろしく」

「あ、はい」

いつか繰り返し話すことになるのであろう内容の練習と思いながら、私はここに至るまでの経緯を話しました。

自分の住んでいる島のこと、今日の早朝、舟が転覆して遭難したこと。命からがらここにきたこと。朝釣りをしようと一緒に乗った男の行方がわからないこと。

「まさか、ここに流れついていないですよね」

「知らないね」

「ああ、困ったな。無事かなあ。心配だなあ。なんとかしなくちゃ」

「でも、転覆ってにいにい、じゃあここまで泳いできたの？」

「ええ、はい。救命浮き輪があったんで、それにつかまって。死ぬかと思いました」

ほう、と男は腕を組んで難しい顔をしてみせ、ふいに噴き出すと腹を抱えて笑いだしました。

私は曖昧(あいまい)な追従(ついしょう)の笑いを浮かべました。

「これはでーじやしさ。ゆくし、ゆくし、大嘘」男は笑いながらいいました。「だって俺、あんたが小舟でここにくるの見ていたもん。舟を流すところも見ていたもん。なんであんなことするかねえ、と意味がわからんかった。で、今わかりました、はい。そうかそうか、遭難したってふりをしたいわけね。当局に」

私は自分の顔から血の気が失せていくのを感じました。見られていたとは不覚もいいところです。この男が、この先証言することになれば、これまでの計画は水泡に帰します。

「にいにい、今、目に殺気がでたよ。殺しておこうと思ったんじゃない？」

「いえ、いいえ」

私は慌てて首を横に振りました。

「ここでわんを殺したって、絶対ばれないもんな」

男はライターをとりだすと木切れに火をつけました。

「遭難して死んだってふりをして、誰かを心配させたいわけ？　それとも警察とかから逃げているの？　まあ、いいや。もうこれ以上つっこまないよ」

男はふっと笑いました。

「大丈夫だよぉ、お父さん」

お父さん？　ふざけたのかとっさの言い間違えか、どちらかわからず微笑みで返しました。

「もしも人と話すことがあっても、舟を流したことは黙っていてやるよ。それよりも、洞窟のほうにはもういったね？」

　男は乾いた小枝や木屑を使って火をどんどん大きくしていきます。

「ああ、はい。洞窟。香炉があったところですか。中には入ってませんけど」

「すごいニオイするだろ。入るなんてとんでもない。あそこはな。今棲んでる」

　嫌な気配はしたものの、特に臭いについては気がつきませんでした。

「何が棲んでいるんですか？　人ですか」

　男は声を潜めていいました。

「ニョラだ」

　私は首を捻りました。ニョラ？

「動物？」

「ニョラ」男は繰り返しました。「なんなのか俺にもわからん。怪物。巨大な蛸とか、ナマコとか、超大型の軟体動物よ。ニョラって俺が名づけたけどね」

　私は、へえ、と小さく呟きました。

「大きいんですか」

「大きいよ。アキコ」

　アキコとは女の名前でしょう。もちろんここにいるのは男二人で、そんな人間はいません。ちらりと男の顔を見ると、妙に視点が定まっていません。私はここで、ようやく男が少しおかしい、ということに気がつきました。

不意に男はジャングルに顔を向けていいました。

「エー、お客さんきてるんだから、テレビ消せよ。テレビ」

少し間をおいてまたいいます。

「なんば？　なにちゃーみーしとんのか、このやなばー」

これは話がかみ合わない、と黙っていると、男は、ここにいない誰かと会話をしているような独り言を、なおもしばらく続けました。どうやら男の精神の半分は、夢の中にいるようでした。

しばらくして、妄想から戻ってきたのか、男は私の顔をまじまじと見ました。

「あげ？　あんた誰？　なんでここにいるの？」

「え、いや、漂着したものです、さっき話していたんですが、忘れちゃいましたか？」

「ああ、それ、ああ、ごめん。さっき、きいた。だった、だった。にーぶいしているうちに忘れてしまったさ。あんた本当に存在しているんだ。幻かと思ったよ。触っていい？」

男が手を伸ばしてきたので私はその手をかわしました。

「洞窟に怪物がいるという話の途中でしたけど」

「そうそう。石器時代に絶滅しちまったような怪物が、たまたまこの孤島で生き残っていたみたいな、そんな感じ。ニョラは神よ。凄いニオイすんだよ。ニイニイに今いったってわからないだろうけど、俺が手なずけている」

その夜は、コンクリートブロックの廃屋で寝ました。夜半、蚊に襲われ、浜辺にでたのですが、浜辺にも小さな虫がいて、眠っては起きるの繰り返しでした。

翌日になるとよく晴れました。

早朝、ヘリコプターが海上を飛んでいくのを木々の間から見ました。急いで浜辺にでたのですが、距離が遠く、すぐに機体が見えなくなりました。

あまり焦ってはいませんでした。むしろすぐに救出されても、いろいろ嘘をつく心の準備がまだできていません。

時間だけはあるので、ニョラとやらがいるという例の洞窟に一人でいってみました。

男のいう悪臭は感じ取れません。やはり黒々とした穴は不気味な気配を放っており、立っていると、なんとなく胸苦しく、不安な落ちつかない気分になりました。たかだか洞窟の前に立ったぐらいでそんな心持ちになるのは初めてのことでした。

釣りをして魚をとり、男と一緒に焚き火を囲みました。とってきた貝や、魚を、男のキャンプ地にある網で焼きました。

さっき洞窟にいってきたのですが、と話題にすると、男は喜び、身を乗りだしました。

「ニョラはいたか」男は含み笑いをしながらいいました。「ニョラよ」

「いえ、留守だったみたいです」

「ニョラのフェロモンは、やみつきになる」

私は適当に笑みを浮かべて応じました。男は網の上の貝をいじりながら、まだなんにもわかってないねえ、と呟きました。

「怖くないですか？」

男は、ちょっと待って、と私の言葉を片手で制し、落ちている空き缶を拾うと耳にあて、「もしもし」といいました。しばらく電話機にみたてた空き缶と会話した後、私を見て「あ、で、なんだっけ？」と真顔できます。

壊れた男でしたが、時々、幻の世界にいってしまう以外には会話もできますし、特に私に攻撃をしてくるわけでもなく、一昼夜、一緒にいると、親近感も湧いてきました。なにしろ無人島でたった一人の話し相手なのです。私があまり逆らわずに話をあわせていたのが良かったのか、男も打ち解けて、私にきかれるままに自分の過去を話してくれました。なかなか衝撃的な過去でした。

☆

男は本島、那覇の生まれで、名をシンゴというそうです。

アナカ島には、滞在して一ヵ月ほどになるとのことでしたが、それとは別に、十五年も前にこの島にきたことがあるといいます。

当時はシンゴの父と、シンゴ、シンゴの妻のアキコ、あわせて三人で、クルーザーでこの無人島に上陸したのだそうです。

表面的にはレジャーでしたが、シンゴは上陸してまもなく、背後から手斧（ちょうな）で、父親の頭を割ったそうです。

私が動機について訊（たず）ねると、「親父がアキコとやっていたから」とのことでした。

「わんは、親父が十八のときの子供で、当時の親父はまだ四十二だった。あっちもおさかん、ね。アキコは内地嫁で、そのとき二十歳だった。出張がとりやめになり、家に帰ったとき、何か気配を感じて庭から自宅に入ったんだ。そしたら、朝は開いていたカーテンが、閉まっているわけ。あれ？と思ったね。どうして閉めているんだろう、と隙間からその現場を覗（のぞ）いてしまったさ。向こうは気がついていなかった。踏み込みはしなかったけど、ああ、こりゃ何度もやっているな、と思った」

そのときからシンゴは父親を殺すことに決めたそうです。

「親父が計画した無人島クルーズは、これを逃したらないだろうという最高のチャンスだった。ちょうどあんたが上陸した浜のあたりだったよ。手斧がガツン、というあの手ごたえは忘れられないね」

「アキコさんはどうしたんです」

シンゴは少し黙り、記憶をたぐっていました。やがてぽつぽつと話を続けます。

「アキコは唖然とした顔で俺と、頭を割られて倒れる親父を見ていた。浮き輪片手にピンクの水着姿でな。わんは自分が見たことをいったんだ。そうしたらほれ、あれ、悪いのはおまえだ、とかいい始めてな。仕方がなかった、とか。二、三発殴ると命乞いを始めた」

シンゴはアキコにシャベルを渡し、親父の墓を掘るように命じました。

アキコは墓を掘るふりをして、一瞬の隙にシャベルを投げつけると、木々の間に逃げ込みました。

シンゴはゆっくりと追いかけました。ここは無人島ですし、アキコは船の運転ができないので、慌てることもありません。

「山羊がそこらじゅうにいたよ」

ふと思い出したようにシンゴはいいました。

「今いないですよね」

「うん。でも、十五年前はそこら中にいた。で、アキコは、洞窟の前に立っていた。わんに気がつくと、涙目で洞窟を指差し、《何かいるぅ！　何かいるぅ！》と叫んでしゃがみ込むんだ。少し呆れた。自分の状況わかってるのかね、と思った。うん、で、アキコを殺すか生かすか考えながら立ち尽くしていたとき、洞窟から、飛びだしてきたんだ」

シンゴは一呼吸おいて、私の目を見据えて興奮気味にいいました。

「ニョラが。おう。ニョラがでてきたのさ。はっさぶよ。なんだかよくわからない、ぐねぐね、うねうねした魔物さあ。そいつは触手でアキコを包むと、洞窟の中に引っ込んでいった。ぶわって。

えっと思った。

次の瞬間には怪物もアキコの姿もなかった。

それがわんとニョラとの初めての出会いだった。しばらくぼうっとしていたけど、親父の死体を洞窟の前まで持っていって置いて、後は逃げた」

シンゴはクルーザーに戻ると、エンジンをかけて出発しました。港に戻る頃には落ち着いてきていて、すぐに遭難届けをだしました。警察にはシュノーケリングをしていたら、二人の姿が見えなくなった、と嘘を話しました。

「ばれなかったんですか」

「とりあえず、ばれなかった。まあ大騒ぎにはなったさ。その後も警察にいろいろきかれたが、大丈夫だった」

留守番をしていた母は何もいわなかったそうです。

「親父とアキコのことも、わんが何をしたのかも、もしかしたら薄々感づいていたのかもしれない。アキコには神奈川に住んでいる兄がいるんだが、こいつはずっとわんを疑っていた。何度か嫌がらせみたいな内容の手紙をもらった。開封したのは一通目だけで後は全部ゴミ箱に捨てた」

そしてシンゴは那覇を離れて東京にいきました。

那覇に戻ってきたのは十五年後で、母親が入院したのが主な理由です。シンゴは病院で母親にだいたいのことを話しました。十五年前に行方不明になったアキコと父親は自分が殺したという話です。ニョラのことは話しませんでした。

「それ、残酷じゃないですか」

「うん、まあな。どうしても知りたいというもんでね。無表情にきいていたけど、ショックだったか、ほどなくして死んでしまった。それでね、それから少しして、アキコの兄貴から、電話がかかってきたんだ。

母は、わんの告白を、最後の最後に手紙にしてアキコの兄に送ったんだ。ちょうど自分が死んだら、送付されるように細工をして。どうしてそんなことをしたのかわからない。自分が知ったことを教えてあげなくてはアキコの兄がかわいそうだと思ったのかもしれない。

アキコの兄は、神奈川からすぐに沖縄にくる、といいだした。とにかく、まずはいろいろ話をきかせてください、という。もうだめだ。わんは話の途中で電話を切った。

それからずっとここさ。テントなんかも全部用意してきたからね。銛も網もあるし、米も調味料もあるし。

十五年前にたくさんいた山羊は一匹もいなくなっていた。骨なんかもほとんど見ない。ニョラ穴に、一匹、また一匹と山羊が自分から入っていったんじゃないかね。あいつは特別なんだ。ニョラはアキコも親父も喰ったろう。つまりニョラの体にはアキコと親父の血肉が混ざっていると考えられる。すごいよ？　感動だよ。で、俺は、ニョラに餌をやってるんだ」

「餌？」

「網で海から魚をとって、一日に一回あげている」

私はため息をつき、話を変えました。

「その追ってくる……アキコさんのお兄さんは、神奈川出身」

気になるところです。

「アキコは横浜生まれよ」

「げじげじ眉ですか。アキコのお兄さん」

「あ？　うん、まあそうだが、なんでわかるの？」

遭難する前日、居酒屋にいましたよ、と教えました。さらに年齢や、恰好をきかれたので詳細を答えると「そりゃあ、アキコの兄だ。間違いない」とシンゴは手を打って笑いました。

「わんの足取りを追ってすぐそこまできていたわけだ。で、まさか無人島までいったとは知らずに、どこかに現れるのを待っていたんだろうよ。遭難の前日って一昨日(おととい)？」

私は、はい、と小さくいいました。もうそれ以上のことは教えたくありませんでした。

「アキコの兄がどこかで野たれ死んでくれていたら、ちょっと戻ってもいいんだけどな」とシンゴは呟(つぶや)きました。

私はぼんやり空をながめました。私が彼を殺したのだと教えれば、シンゴはとびあがって喜ぶでしょう。もちろん、私はシンゴと違い、みすみす自分の犯罪を、他人に暴露したりはしません。さらに、私が遭難を偽装しようとした事実を目撃しているシンゴに、人のいる場所に戻ってほしくありませんでした。気の毒ですが、シンゴには、ずっと無人島にこもって妄想と戯れていてもらうのが私の理想なのです。

シンゴは私が押し黙ったことを勘違いしたらしく、「わったーをふりむんだと思っているのか？」とききました。

「ああ、まあ、いえ」

「自分でも、もうよくわからんのさ。何がなんだか全然わからんのよ。人生を何に捧(ささ)げようが、その人の勝手だから」

シンゴはそこで、私の隣の空間に声をかけました。

「なあ、アキコ。横浜生まれだよな？」

☆

翌日の昼、私はシンゴに「ニョラに会わせてやる」と強く誘われて、洞窟に向かいました。本当はもうあまり関わりたくなかったのですが、無下にもできませんでした。

シンゴは地面に線を引くと、ここから先には出るな、と私を立たせ、自分は前に進みました。

「おうい」穴に声をかけます。「こりゃあ、凄い臭いだ」

私には相変わらず臭いはしませんでした。

「ニョラ様」男はさらに洞窟に近寄ると手をあわせて拝みました。「ニョラ様あ、シンゴがきましたよお。今日は魚はないよう」

シンゴはぶつぶつといいました。

「ビリヤードの玉のようなものだ。ころころ、あちこちぶつかって、最後には落ちるべき穴に落ちる」

「あの、穴に近づきすぎで、危ないですよ」

シンゴは私のほうを振り向き、少し苛立たしそうにいいました。

「ねえ、ずっと思っていたんだけど、あんたって本当に存在しているの？」

「はあ？」

間の抜けた空気が流れ、私の肩から力が抜けました。

全ては妄想男の茶番。ニョラなどというものが現実にいるはずがありません。きっと私と同じく人を殺したのは本当なのでしょう。無人島に逃げてずっと独りでいるうちに、精神が蝕まれ、妄想のなかの怪物を信仰するようになってしまったのです。シンゴにしか見えぬ怪物、シンゴにだけする臭い。痛々しいことです。

だから、それが、うねりながらでてきたときには、え？　と思いました。

初めて見るニョラは、激しく、雄大でした。

私はえ？　え？　と、戸惑うことしかできませんでした。

そこで私は初めてニョラの臭気――シンゴが何度も言及していたけれど自分は嗅ぎとれなかった忌まわしいあの臭い――を嗅ぎました。嗅いでしまうと、これまで臭いに気がつかなかった自分が恐ろしく鈍感に思えてきます。あまりにも常識はずれで想像を絶する臭いだったために、鼻の臭いセンサーが働かなかったのかもしれません。

臭いだけで殴られたような感覚でした。体中の全ての細胞に、小さな臭気の胞子が植えつけられるような、何か嗅いだだけで自分がまったく別種の生物になってしまったような、衝撃でした。

シンゴは、なんだかよくわからないぐにゃぐにゃしたものに包まれて、最後の瞬間、私に微笑みかけたような気がします。気がします、というのは、そのまま目の前が真っ白になって私は気を失ってしまったからです。

目を開くと暗い洞窟の前に倒れていました。シンゴの姿はありません。

私はその日から、シンゴの残したテントで眠り、シンゴの残した装備品を使って生活するようになりました。

歩いていると誰かが「カズシゲ」と私を呼びます。振り返ると、そこには学生時代の友人がいます。彼は、これからバーベキューをやるけれど、買い出しにいこうと私を誘います。ゆっくりとあたりを見回すと、そこは無人島ではなく、私が暮らしていた島のビーチです。私もまた、学生時代の自分に戻っています。どこか朦朧とした感じで友人と話しながら、人を殺して無人島に逃げたのは夢だったのかと考えました。

「ニョラは」

ふと思いついて私が口にだすと、友人の顔がぐにゃりと歪みました。

「ニョラは、今食事中」

また気がつくと、私は学生服を着て放課後の教室にいます。夕日が窓から差し込んでいます。コクヨの机に頬杖をつきながら思います。これは本当の世界ではないのだ。本当の自分は学校などとうに卒業して、人を殺してアナカ島にいるのだ。

無表情な生徒会長が私の席にやってきて、咎めるようにいいました。

「カズシゲ、ニョラ当番だろ？　ニョラに餌をやらないと怒られるよ」

つまり――シンゴが陥っていた世界に私も足を踏み入れてしまったのです。専門的なことはわかりませんが、おそらくニョラが現れたあの一瞬で、脳を少しやられたのでしょう。

ずっと白昼夢の世界にいるわけではなく、断続的に覚醒します。一日のうち半分ぐらいは霧が晴れるように現実のアナカ島に戻ってきます。

現実に戻ると、網で魚をとり、ニョラの棲む穴の前に運ぶようになりました。洞窟は静かでニョラは姿を現しません。が、しばらくして戻ってくると魚は消えています。

起きていても、白昼夢の世界にいてもニョラの気配を感じます。どこからともなく、ニョラの臭気が漂ってきます。餌をやるのを怠れば、眠っている間に腹をすかせたニョラに喰われるのではないかという恐怖が私の心にとりつきました。ニョラの臭いが遠いとき私は安心し、近いときは不安になりました。

また白昼夢の世界は慣れてしまうと、悪くない居心地でした。何しろそこでは私は人殺しではないのです。これまでの人生の中で、どちらかといえば楽しかった時間だけがフラッシュバックし、女の子とお酒を飲んだり、那覇のような都会のレストランで食事をしたりと、退屈な無人島の現実ではとうてい叶わぬ時間を過ごすことができます。

私は一度、マモルにいにいの声をききました。

《おおいカズシゲ、いるなら浜辺にでてこい》

もしも現実であるなら、船で様子を見にきて、浜辺に拡声器で声をかけたのでしょう。実際、そのときの声はアンプを通したような割れたものでした。

ちょうどそのとき私は白昼夢の居酒屋にて、マナちゃんを口説いている最中でした。愚かなことに私はマモルにいにいの声に対して、冬の朝の目覚まし時計のように《うるさいな》とだけ思い、《今はいいや》と妄想の中に留まることを選択してしまったのです。自分が逃走中の人殺しである現実から少しでも遠ざかっていたかったのでしょう。目が覚めたときには、さっきの声はもしやと慌てて浜辺に向かいましたが、海には何もなく、波が寄せては引いているだけでした。もしも助かる機会があったとすれば、私は自らそのチャンスを放棄してしまったのです。

恐るべきことですが、ニョラの都合の良いように操られているようでした。

私はニョラ穴から最も遠く離れたアナカ島先端に位置する崖の上に胡坐を組み、今後のことを考えました。遠くには水平線が見えます。海上を通過する船は一隻もありません。

どこかにシンゴが乗ってきた舟があるはずだと思い、捜してみました。あればそれでここから逃げられます。しかし、無人島のどこを捜しても舟は見つかりませんでした。

理由はわかりませんが、きっとシンゴが壊すなり、流すなりしてしまったのでしょう。私には彼自身の意図というより、ニョラの意図のように思えます。

かつて友人が「賢い犬が従順なのは、自分がいる場所が人間の社会であり、人間に従わないと生きていけないと悟っているからだ」といっていたのを唐突に思い出しました。人間も同じで、自分よりも強大なものが支配する特殊な環境においては、その存在の機嫌を損ねずに使役されたほうが長生きできるのかもしれません。

しかしこのままではニョラの奴隷ですし、最後には喰われてしまいかねません。シンゴにとってニョラは神だったかもしれませんが、私にはただの怪物です。いつ救出されるかもわからないのですから、今の状態はたいへん危険です。本腰を入れてニョラを退治することに決めました。

薪を集めました。ニョラ穴の前で、火を焚き、煙で燻しだしたところを、シンゴの持ち物にあった銛で突き刺してやろうと計画しました。また盛大な焚火で狼煙でもあがれば海上の船舶の注意を引くこともできるかもしれないな、と都合のよいことも思いました。

洞窟の前に薪を積み上げ、火をつけ、煙があがり少ししたところです。

ニョラ穴は、潮を噴きました。

猛烈な放水に、火は一瞬にして消え、薪はずぶ濡れになりました。穴の中から、何か怒りに満ちた異様な気配が漂ってきます。私はもうそれだけで戦意を喪失し、ずぶ濡れのままその場から退散しました。

しばらくして様子を見に戻ってくると積み上げた薪は、どこにもなくなっていました。

その晩、遠くから臭いがやってきました。

臭いは霧のようにじりじりと近づき、テントを包囲し、世界をニョラの領域へと変えていきます。

逃げようとしましたが、体が痺(しび)れて動きませんでした。私はなんとかテントからでると真っ暗な地面を這(は)い、やがて気を失いました。

おぞましい夢を見ました。夢の中でニョラに蹂躙(じゅうりん)されました。いえ、夢ではなかったのかもしれません。この手記にさえ詳細を書くことが躊躇(ためら)われる、思い出しただけで吐き気がこみあげてくる嬲(なぶ)られかたをした後、最後にニョラは私の頭をこじあけ、中に入ってくると、そこをひっかきまわし、滅茶苦茶(めちゃくちゃ)にしたのです。

朝になると、私はどこだかわからない島にいました。隣に居酒屋のマナちゃんがいます。

ぼんやりと居酒屋のマナちゃんと話します。私の興味が薄れると、マナちゃんは、百合(ゆり)の花に変化します。

歩いていると、向こうからげじげじ眉(まゆ)の男とシンゴが連れだってやってきます。私は挨拶(あいさつ)します。向こうは、ふん、と鼻をならします。振り返ると、男たちの姿が薄れて消えます。

太陽光はぎらぎらと痛いほどです。真っ白な山羊(やぎ)が三匹、サトウキビ畑の上を飛んでいます。背中に白い羽がついていて、ペガサスのように羽ばたいています。

今回はいつまでたっても、いっこうに夢から覚めません。

誰もいないビーチに屋台がでていて、アイスクリームを売っています。

丸い箱のブルーシールを一つ買い、木べらで食べると、ソーキそばの味がします。店員の顔を見ると、両目がなく、真っ黒な唇から緑色の舌がつきでています。

私はふらつきながら屋台を離れました。

もう自分は長くはない。はっきりと死を予感しました。本当の自分はもしかしたら、倒れたまま起き上がれていないのかもしれません。私の死因は何になるのでしょう。病気か、餓死か、あるいは這いでてきたニョラに喰われるのか――どうせ死ぬなら、むしろ最後まで目覚めないほうが、よいのかもしれないと思えてきました。

とぼとぼと歩いていると、森の中に拝所があり、そこに、かつてシンゴの持ち物の中にあったのと同じノートが落ちていました。ノートはまだ未使用のようです。薄ぼんやりと光っていました。

御先祖様が私をノートに導いたような気がしてきました。

拾い上げ、人生転落の始まりの夜から今に至るまでを、思い起こしながら書き連ねたものがこの手記です。

もちろんこのノートも夢の産物だとすれば、何もかも徒労なのでしょう。しかし、もしかすると、御先祖様の力による何かの奇跡で、ノートだけは現実と繋がっているということがあるかもしれません。今の私はそんな奇跡を祈るばかりです。

# 夜のパーラー

高台の公園からは、見渡す限りのサトウキビ畑が、満月に蒼白（あおじろ）く照らされているのが見えた。

私は自転車をおりてのびをした。十月半ばの夜だというのにまだ暑い。天気予報では最低気温が二十五度だった。それでも九月よりは涼しくなった。Ｔシャツは汗ばんでいる。

職場からの帰り道が工事のため通行止めになっていたので、迂回（うかい）路を通ったのがはじまりだった。遊び心でなんとなく細い道に入ったら、そのまま道は高台にのぼりはじめ、いつのまにか人気（ひとけ）のない丘の頂上にきてしまったのだ。

どうしようと焦る気持ちはあまりない。こんな風に迷うのも楽しいと思う。島の道は、だいたいの方向さえ間違わなければ、いずれは行きたい場所にたどりつく。

薄暗い林の奥に赤い提灯（ちょうちん）が灯（とも）っているのが目にとまった。

《沖縄そば》の幟（のぼり）が出ている。

小さなパーラーだった。外側にカウンターと椅子が出ている屋台形式で、公園に隣接した平屋の建物を改造して、自宅の敷地で営業しているように見える。

時刻は九時半だった。

店内から灯りが漏れているということは、まだ営業しているのだろうか。

こんな森と農地ばかりの場所に、夜に屋台が出ていることに、私は少し感動した。お腹が減っていたし、家に帰るために道も訊きたい。

カウンターから店をのぞくと、「いらっしゃい」と声がかかった。

店内には若い女が一人いた。年齢はわからないが、二十代前半に見える。

厨房内にはテレビがあり、ニュースをやっていた。

私はカウンター上部に貼りだされているメニューを見た。沖縄そば四百円、カレーライス五百円……。

「沖縄そばください」

すぐにそばが運ばれてきた。トロリとした軟骨ソーキが載っている。細麺だった。だし汁は透明で、カツオの匂いがした。いい仕事をしている、と思った。

「いつもこんな遅くまで開いているんですか」

「はい。えっと、お客さんはどちらから」

「職場から家までの通りすがりです。ちょいと道に迷っちゃって」

「何のお仕事？」

「写真屋さん」私はいった。新しくできた埋立地にあるショッピングモールのカメラ店で働いていた。

「ここのそば、おいしいね。四百円とは思えない。モールの沖縄そば屋よりおいしいかも」

「ありがとうございます」

「奥深いね、沖縄は」

「なんですか、ナイチャーみたいに」

「ああ、ぼくはナイチャーなんで。島ナイチャーね。二年前に移住してきたんです」

女はにっこり笑った。

「あ、やっぱり。そんな気がした。内地って楽しいですか」

「いや、まあ、その一概に楽しいとか、楽しくないとかは。あれ、行ったことないんですか」

「ないですねえ」

職場のウチナンチュによると、中学の修学旅行が九州だときいた。高校を卒業すると、みな、なんだかんだで一度は内地に行くといっていたのも思いだす。

「まあ、厳密に行ったことないわけじゃないですけど、私は長くいたことはないんですよ。知り合いのおじいで、一人でディズニーランドに行ったという人がいましたけど」

「えっ、おじい一人でディズニーランド？」

そんな風にして、なんとなく、とりとめもない会話が弾み、器が空になったところで、コーヒーやポテトフライを注文した。その間、客は一人もこなかった。

不意に、単なる客としては話し過ぎたような気がして席を立った。

「じゃあ、ごちそうさま」

私は料金を払う。

「また時間あるときゆんたくしに来てよ」女はいった。「暇で、暇で。ビールもあるから」

「何時までやってるの」

「そんなの、てーげーだから決めてない。まあ、だいたい二時ぐらいまでは、やってますよ」

私は二日後の職場からの帰り道、同じ時刻にそのお店に行った。

今度は改めて付近を注意して見てみたが、周辺に住宅はなく、高台の公園の下は深い森と野原、そして墓地が広がっていた。

赤い提灯が点灯している。

前回と同じ女の子が店の奥でテレビを見ていた。視線があうと、ぱっと彼女の顔が輝いた。

「こないだのニイニイ、こないかなあって思ってたんですよ」

「あ、本当？」

私はまた沖縄そばを頼んだ。

やはり私以外に客はいなかった。私たちはまたおしゃべりに興じた。

女の名はチカコといった。

風の強い日で、話が途切れると、ざざざっと木々が葉を揺らす音でいっぱいになった。

チカコの後ろに初老の女性が顔を出した。

初老の女性は、なぜか赤い口紅を塗っていた。髪には白いものが交じっている。着物を着ているのだが、豹柄のストールを肩にかけている。彼女は厨房に入ると、冷蔵庫を開いて、飲み物を探していた。

初老の女性は私に気がつくと、満面の笑みでいった。

「ハイタイ、もう、ゆっくりしていってねえ」

チカコは後ろを振り向くと「エー、オバア、いたの？」といった。

「邪魔せんよ」

「はやく、向こう行って」

「ハイハイ」

友人のお母さんが子供部屋に顔を出し、それを中学生の友人が疎ましがって追い払う——なんだかそんな風景に近いものがあり苦笑した。

オバアがいなくなってから訊いた。

「今の人は、お母さん？　オーナーさん？」

「いや、オーナーはいちおう私です」チカコはいった。店の経営に関する主導権は自分にある、という意味だろう。「それに、あの人は、お母さんではないね」

お母さんでなければ、祖母か、伯母か、とまでは訊かなかった。家庭の事情に関する質問は、あまりしつこくしないのがマナーではないだろうか。

「沖縄のオバアっていいね。元気で、懐深そうで」

「あの人は、別によくない」

チカコは少しむすっとした顔でいった。

実をいうと、私もさきほどのオバアには、口紅をはじめとするやや特異な出で立ちのせいか、異様なものを感じていたのだが、それは口に出さなかった。

「チカコちゃんは、このパーラーにくっついている家で暮らしているの？」

「まあ、最近は、ここで寝起きしてるね」

そばの汁を飲み干し、なんとなく後ろを振り向くと真っ暗闇だった。なんだかこのパーラーが、深海に沈んでいるように感じた。

ねえ、とチカコはいった。

「よかったらビール奢るんで、一杯やってきませんか」

「まさかいいよ、お金払う、払う。ビールおねがい。ねえ、チカコちゃんのぶんも払うから、一緒に飲もう。いや、それは駄目か」

「いいですよ。もちろん」

チカコは冷蔵庫からオリオンビールを出した。「いいに決まってるじゃないすか」プルタブをひいて乾杯する。

チカコはビールを飲みながら、軽く身の上話をした。

「実は私、沖縄にきたのは十三歳からなんですよ」

「その前はどこにいたの」

「ボリビアです」

チカコはボリビアの沖縄移民の三世だといった。私はボリビアときいても今一つイメージが湧かなかった。

「えっと、ボリビアって沖縄の人多いの？」

「地域限定で多いですよ。ボリビアの私の住んでいた町、その名も〈オキナワ〉でしたから。日本語通じますし」

「それでこっちに戻ってきたのは」

「親が交通事故で死んじゃったんです。で、沖縄に親戚いたんで、戻ってきたんですけど、いつのまにかあのさっきのオバアと暮らすことになって」

「へえ」

夜風が少し寒くなってきたから中で話さないか、とチカコはいった。冷たいビールを飲んだせいで、少し体が冷えた感じがあった。

彼女はパーラーの電気を消すと、私をパーラーの店舗裏に案内した。チカコが裏口のドアを開くと蝶番が音をたてた。

彼女の手にひかれ、六畳ほどの狭い部屋に入る。

彼女はベッド脇のランプのスイッチをいれた。

アロマライトの赤い光が、ベッドと化粧棚、後は衣紋掛けに衣類という殺風景な部屋を照らしだす。チカコにいわれるままに私はベッドに座った。お香の匂いがする。

「あの、さっきのオバアは」私は小声できいた。

「大丈夫。別の部屋で寝ていて、一回寝ると絶対に起きないから」

ふうん、と私はいった。なんだか背筋がむずむずする。

チカコは私の胸を人差し指で軽く突くと、私の頬に唇をつけた。

「します？」

「え、あの、いいの」

「あ、自分、娼婦なんで。お金」

当然だが失望した。

「ショック？」

彼女は悪戯っぽくきいた。

「いや、まあ。いくら？」

「ニイニイなら一万円。好きだから」

「それで最後まで？」

「ん。いいよ」

風俗に行かないので、一万円という金額が安いかどうかわからなかったが、たぶん安いのではないかと思った。

「夜にパーラーやっているって変だなあって思ってたけど、そういう商売だったの？」

うるさいなあ、と彼女はいった。

「そういうことじゃないよ。パーラーはパーラー。気に入ったお客さんがいたら、たまにこっちの商売もするの」

結局、私は彼女を買った。金で女を買うのは生まれて初めてだった。

終わってから、私はいった。

「大きなお世話かもしれないけど、こんなの、よくないよ」

彼女は下着を身につけながらいった。

「何がよくないの？」

私は考えた。改めて問われると困る。

「昔はもっとひどかったんだよ。こっちにきたら親戚ってのが、あの鬼婆。で、なんだかよくわからないまま、いつのまにか置屋で体売らされていた。その金も生活費だとかいって全部まきあげられて」

「それはひどい」

「だからよ。もともとオバアも十代の頃から体売ってるからさ、私にやらせるのに罪悪感なんてないからね。今もらった金だって結局三分の一はオバアにとられるし。今考えると、わったーの人生駄目になったの、全部オバアのせいだもん。殺そうかなって思ってる」

少し間を置いてチカコはつけくわえた。

「本気で」

「いや、そこまでやっちゃ、まずいでしょ」

「ニイニは、殺したいと思う人いないの？」

私は首を捻った。

「そりゃあ、過去には憎たらしい奴もいたけど、そんなのいちいち実際に殺したら、殺人犯で捕まったりして大変だよ」

星空の下、丘を下る道を走る。

自転車はぐんぐん進んでいく。

なんともいえないぐらぐらとした気分だった。

何か得難い非日常的な体験をした気がした。だが、結局私にとって買春の後ろめたさは深く、一度で充分、二度といくまいと思った。

十二月になるとようやく南の島も肌寒くなってくる。空気がきらきらと輝きだす。

チカコはまだ夜のパーラーをやっているだろうか、とふと思った。あんな商売が長続きするはずはない。もう閉まっているかもしれない。

よく晴れた夜、私はデパートでカシミアのセーターを買ってプレゼント包装してもらうと、パーラーに向かった。

自転車を漕ぎながら、風俗嬢にハマった愚かな男そのものだな、と自嘲した。二度と行かないはずではなかったのか。

いや、また買春をしようというのではない。あんなことは一度で充分。もしもまだパーラーが開いていたら、今回はそばだけ食べて帰るつもりだ。本当の目的は、彼女にはちょっと説教の一つでもしてやりたい。やはり、若い女の子が、はした金で、安易に体を売るような生き方をすべきではない。

夜のパーラーは営業していた。

彼女はクリスマスプレゼントを大いに喜んでくれた。

相変わらず客は私一人だった。私は沖縄そばをすすった。説教を切りだすタイミングをはかっていると彼女はいった。

「今日もやってく？」

「いいや。こないだは雰囲気に呑まれてやっちゃったけど、個人的にはそういうの好きじゃないんだ」

私は少し冷淡にいった。

「そっか。ふられちゃった」

彼女は煙草を吸った。

「あのね、もうしばらくでパーラーしまるよ。さすがに一、二月は寒いから。ね、でもニイニィに会えないのも寂しいから時々携帯にかけていい？番号教えてよ」

内心では少し躊躇ったのだが、それを表情には出さず、彼女にいわれるままに、差し出された紙片に番号を書いた。

「えっと、じゃあ、君の番号は」

「チカコ、携帯もってないもん。家の電話はお客さんには教えないの」

珍しいタイプだと思った。いまどきこの年頃の女の子はみんな携帯電話を持っていると思っていたからだ。いや、あるいはそれは嘘なのかもしれない。娼婦というものは、職業柄、ストーカー対策などで、客に営業電話はするけれども、客からの電話はこないようにしておくのが普通なのかもしれない。

――あのね、君にいいたいことがあるんだ。こんなことをいうと、君は厭な気分になるかもしれないけどね……。

私が説教をしようと口を開きかけたところで、彼女はいった。

「ねえ、私、娼婦やめようかな？」

私は拍子抜けしながら頷いた。

「実はね。今日ぼくがきたのは、やめたほうがいいよっていおうと思ってきたんだ。そもそも君は、本物の娼婦なの？」

「さあ？　偽物の娼婦もいるの？」彼女が笑い始めたので、一緒になって笑った。

「ね。娼婦やめるから私がオバア殺したら、一緒に逃げてくれない？」

「またいってんの？　それ本気？」

「半分本気。だって、すっごいうるさいんだよ。最近小言の鬼でさ。でもうるさいんだけど惚けてきてもいて、もうたいへん」

「これまでいろんなところで、君みたいに家族の愚痴いう人の話きいたけどね、そのたびにいっつも思うんだけどね、一緒に暮らさなければ解決じゃないの？」

彼女は、納得がいかない、という顔をして、別にあのオバア家族じゃないのに、と呟いた。

「そもそも、わったーのオバア、人間じゃないもの。ねえ、やるのやらないのとは別に、寒くない？　コーヒーいれるから中で飲もう」

そうして私はいつぞやの部屋に入り、チカコに誘惑され、結局のところ——チカコを買った。

ことが終わると、自分の不甲斐なさに泣きそうになったが、チカコは意気消沈した私を気にすることなくのんびりと話をした。

「かなり前の常連のお客さんが元琉○会の人なわけさ。琉○会しっている？　沖縄の暴力団」

「え、なに、そんな物騒な彼氏いるの？」

「彼氏じゃなくて、お客。わったー彼氏とかいらんから。で、話はそこじゃなくて。その琉○会の人、詐欺で指名手配になって、逃亡中なわけ。で、逃亡する前に一度会ったんだけど、拳銃をね」

チカコは言葉を切った。私は促した。拳銃を、なに？

「うん、そのお客さん、拳銃を持っていると飛行機も乗れないし家宅捜索なんかで見つかったらやばいから、チカコが少しの間預かっていてって。ね。一ヵ月以内に連絡する、とかいってたんだけど、それから完全に音信不通。別に姿を見せないでも、電話一本ぐらいできるはずじゃない。三年ぐらい前の話だけど、もうあの人死んでるわ、きっと」

数秒の間をおいて、チカコはいった。

「でね、でね、その拳銃があるのよ。その銃で、誰かが通り魔的にオバアを殺しても絶対わからんよ」

「またオバアを殺す話？」

「まあ、きいてよ。警察って、知り合いとかそういうのからあたっていくんだって。携帯の履歴とかそんなとこから。自分、ニイニィの住所も本名もしらないでしょう。さっき番号紙にかいてもらったけど、あれ捨てたら終わりだし。携帯電話も持っていないのが幸いで」

本当に持っていなかったのか。いやそれはわからない。

「銃からアシがつくとしたら、元琉○会の人が追われるわけ。ね、だからニィニィが引き金ひいたとしても、警察は絶対わかんないよ」

「なんで、そんなことを、ぼくがしなきゃならんのさ。メリットないでしょう」

「たとえばの話よ。たとえばの。わったーがやったら疑われるし、すぐ捕まるもの。うまくいったら保険金入るよ。それを半分あげる。わったーとオバア、お互いがお互いの受取人になっているの。それにオバアたんまり貯め込んでいるからね。何割かは私が稼いだ金だけど、それも入る。わったー時々思うわけさ。もし今殺さないといつか向こうに殺されるんじゃないかって。だって中学生に売春させて稼がせるオバアなんだよ」

「だからさっきもいったけど、殺す殺さないの前に、もう一緒に暮らさないで、出ていけばいいだろう」

「お金もないのに、逃げらんないよ」

「売春しているのに?」

「今はニィニィだけだもの。ニィニィ全然こないからよ。だったらもっと私を買いにきてよ」

私は溜息(ためいき)をついた。自分だけということはないだろう。私はコンドームの銘柄がこのあいだと変わっているとか、細かいところに気がつく性格なのだ。だがそれは口に出さない。

「もっと普通の仕事を、きちんと働けばいいだろ」

「本当は私もそうしたいよお。だから一回リセットして出なおすために、まずは保険金もらわないと。それで、南米に行かない？」

「行かない？　って誘ってんの」

「そう」

どのぐらい彼女はいかれているのだろう？

そう思いながら、私は彼女の顔をじっと見た。

通りすがりの客にすぎない私に、銃を持っているだの、身内の殺人計画だの――〈私がオバアを殺す話〉が〈あなたがオバアを殺す話〉にすり替わっているし――狂っているといえばこんな場所で夜にパーラーを開き、春を売る時点でもう明らかにおかしいのだ。

「人殺しって難しく考えすぎだよ。ニイニイ本当にクリーンなんだね。オバアなんて何人も殺しているよ」

胸の奥がひやりとした。何人も？

「誰を。死体は？」

彼女は私の耳元で、小さな声で囁いた。

誰をって、そんなのいわないけどさ。

オバアが関わった人。

いろいろあるわけさ。

オバアだけが知っている墓があるの。崖を抉って作った古いお墓ね。あちこちにあるでしょ。ああいうお墓。

森の中の崖に、古い墓があって、その中はとっても広い空間になっているわけさ。

オバアは死体の処理に困ったら、大きな甕に入れて、そこに安置しておくんだって。

木を隠すなら森に、死体を隠すなら墓に、だって。

そうしたら、半年もすれば白骨になる。

誰も荒らしにこないし、誰かが墓に入って甕の中を見ても、そこは墓なんだから、骨があるのは当たり前なわけさ。

オバアが殺した人たち、今も甕に入って、暗がりに並んでいるよ。

たまにオバアがいくと甕の中から声が聞こえてくるってさ。遊ぼう、遊ぼうって。

オバアも自分の死期に気がついたら、自分でそこに入って睡眠薬飲んで死ぬってさ。

みいんな友達だって。

「怖い？」

私が身を起こすと、チカコは私の顔色を窺うように、上目づかいに笑った。

私は、瞬間、口紅を塗ったオバアに感じたある種の妖気を思い出した。いや、そんなのは、何もかも嘘に決まっている。

「嘘だよ。死体なんか、オバア一人で運べないでしょ」

「台車で運ぶのよ。オバア力もちだし。まあ、とにかく、殺人って意外と捕まらないものだよ、ってこと」

「捕まるよ」

「捕まらないよ。保険金もらって、葬式して、ほとぼり冷めるまでニィニィは一切顔を出さないで、翌年、南米の町で待ち合わせればいいじゃない」

私は一人になってから想像してみた。

その日、彼女は——明白なアリバイができるようなところに足を向ける。たとえばそう……ジャスコの美容院とか。そしてその間に、私はパーラーの裏の平屋で寝ている老婆を撃ち殺す。バン、バン。映画のようだ。身寄りのない幼い彼女に売春をさせ、その金で暮らし、今も彼女を苦しめる老婆だ。ついでに人殺しだ。罪悪感はない……とはいいきれないが、ない、とする。老婆は死ぬ。本当に捕まらないだろうか？

確かに彼女のいう通り——嫌疑は銃の持ち主である行方不明の詐欺師にかかるのではないか？

私が真夜中のパーラーを訪れたのはほんの数回。目立つ車に乗ってきているでもなく、しょせんは自転車の通りすがりだ。

とはいっても「うまくいきそうだからやってみよう」とは全く思わなかった。チカコには何の信頼もなかった。彼女が保険金の分け前をくれる保証もなければ、南米の待ち合わせ場所とやらに現れる保証もない。他に都合のいい男が現れれば、簡単に裏切ることは確実。それ以前に、警察はまず殺害されたオバアと同居の彼女を最初に疑う。警察の巧妙な尋問でボロを出し、洗いざらい話してしまう可能性も高い。

それきり私はもう夜のパーラーには足を向けなかった。まず一月と二月は営業をしないということだったから行っても仕方がない。また、チカコからの営業電話もかかってこなかった。

私は冬の間、時折パーラーとチカコのことを思い出した。

最初は、春になったらまた遊びにいってみるかと思うこともあったが、そうはならなかった。

一月の終わり頃に、私に恋人ができたのだ。

職場の同僚に誘われた飲み会で知り合った二十四歳の女で、名を雪菜といった。雪菜は静岡出身で、私と同じ移住者だった。

二月になると、慶良間列島——本島から高速船で三十分ほどの珊瑚礁の島々だ——に鯨がくるので、日帰りでホエールウオッチングをしにいったのが最初のデートだった。ガイドつきの船に乗り、ザトウクジラの潮吹きを見た。

その次の週には、来沖したピアニストのコンサートに行った。翌週には北部をドライブした。

雪菜はとりたてて美人というわけではなかったが、本当に素敵な女だった。受験や就職といった人生の段階をきちんと踏んできた常識人で、とても優しかった。もちろん肌を重ねても金を要求したりしなかった。チカコからは破滅の予感しかしないのに対し、雪菜からは幸せの予感がした。比べて語るのはおかしいかもしれない。チカコは娼婦で、恋人でもなんでもないのだから。

雪菜と一緒に遊ぶようになると、チカコのことは思考から消えた。

四月になって事件は起こった。

私は朝のニュースでそれを知った。

のどかなキビ畑の風景と、件のパーラーがテレビ画面に映し出されていた。パーラーはシャッターが下りている。昼の光の下のパーラーはぼんやりと古ぼけていて、何年も営業していないように見えた。

チカコ、もしくはチカコに頼まれた男が、ついにオバアを殺したのだと思ったが、事件の報道を注意して聞くと、私の想像と少しずれていた。

〈昨日十三日の、夕方頃、八重瀬町のパーラー兼住宅の住宅部分から、男性の遺体が発見されました。発見者は郵便局員で、県警は身元の確認を急ぐと共に、行方がわからな

くなっているパーラーの店主、新垣竜太郎さん（72）が、なんらかの事情を知っているとみて捜しています〉

あれ、と思った。誰が誰を殺したのだ？

パーラー店主、新垣竜太郎とは？　チカコとオバアはどうしたのだ。もしやオバアの夫か。そうかもしれないがわからない。

それから一週間、私はじっとこのニュースに注目し続けた。

様々なことがわかった。

遺体となった男性の身元が判明した。具志堅誠二という名で、那覇市在住の四十二歳、無職。借金もあったようだ。

一方、パーラーの持ち主であり、行方不明になっている新垣竜太郎、七十二歳は、あまり近所づきあいのある老人ではなく、集落の祭りその他、町内会のつきあいにも数年前から参加していない。与那国島出身で、ここ最近、姿を見たものはいないという。

新垣竜太郎と、具志堅誠二の関係は不明。

現場の壁からは弾痕が二つ見つかっており、壁にめりこんだ弾も摘出されている。

さらに、新垣竜太郎の家には女性の出入りがあった形跡もあり、こちらも行方がわからず捜査中だと報道されていた。いうまでもなくその女性とはチカコとオバアであり、新垣竜太郎とは家族ではなかったことになる。家族であるなら「女性の出入り」などといういいかたはしない。

関わりたくなかった。何もしていないのにも拘わらず、あなたから事情を伺いたい、と警察がやってくることを想像すると恐ろしかった。

私は報道で得た情報と、自分が知っていることを整理して状況を推測した。推測はあくまで推測にすぎず、なんの確証もないものだが、次のようなことではないかと思った。

チカコには私以外に客がいた。その客が、具志堅誠二。チカコは私にしたのと同じ殺人計画を具志堅誠二に話した。無職で金に困っていた具志堅誠二はそれにのった。

具志堅誠二とチカコは共謀し、オバア殺害を決行。

具志堅誠二は家に押し入った。

だが、彼はオバアを射殺することができなかった。逆に、返り討ちにあった。理由はわからない。

生まれて初めての射撃のうえ、肝も据わっていなかったから。あるいはオバアに気がつかれていて死角から先制攻撃された――とにかく、引き金をひいても、弾はオバアには当たらず、壁に弾痕を二つつくり、オバアは刃物を手にして具志堅誠二を刺殺した。

普通に考えれば、殺してしまったとはいえ相手は強盗――なにしろ銃を持って押し入ってきたのだ――過剰防衛にもなるまいが、オバアは警察にはいかなかった。やましいことがたくさんあったのだろうし、殺人は殺人。もしも万が一無罪にならなければ、余生を刑務所で過ごすはめになる。

オバアは死体をそのままにして出て行った。チカコによれば、殺した人間は甕に入れて墓に安置するそうだが、それは計画的に自分が手を下した場合で、今回のように突発的に事件が起こった場合は、準備もできていないのだろう。てっとりばやく逃げるのがいいと判断した。

そしてチカコは、計画が失敗したことを知り、こちらもパーラーにはもはや戻れまいと逃走した。

家には具志堅誠二の死体だけが残った。

と、いうことではないだろうか？

私の推理に、パーラーの持ち主新垣竜太郎なる人物はまったく出てこないが、彼がどこでどうなっているのかは不明だ。

事件から二週間もした頃だった。真夜中にシャワーを浴びると、パンツ一枚で扇風機の前に座った。窓は網戸にしている。

携帯電話が鳴った。

なぜかとる前から胸騒ぎがした。番号表示は非通知になっている。

「もしもし」

「ハイターイ」

女の声だった。

「どちら様」

「元気？」

受話器を通した声には、聞き覚えはなかったのだが、チカコだと直感した。

「夜のパーラーのチカコ？」

少し間があった。

「あ～、なんでわかるば？」

「なんとなくそうかと思った。あのパーラー、ニュースになっていたけど。具志堅誠二って人が死んで」

「あ～、う～ん、ニュースねぇ？　やばいやしさ、でも、あのニイニイ、具志堅誠二？　まあ、名前はよくわからんけど、カレが勝手にやったんだよ」

「やっぱり、君絡みか。オバアは生きてる？」

「生きてる生きてる。死ねばいいのに、人間じゃないから死なんのよ。わったーのこと殺すって追いかけてくるってば」

やはり生きていたのだ。私の推理通りだった。殺しを依頼したが返り討ちにあった。

「ね、そんなわけで、今ちょっと困ってるんだけど、タダで毎晩超サービスするから、しばらく泊めてもらいたいんだけど。ＯＫ？」

「いや、それは無理」

きっと彼女は那覇市内にいて、知人やかつての客に順番に電話をかけているのだろう。

「家どこね？」

「教えない」

「あっそ」

切る予感がしたので慌てていった。

「待って、切らないで。待って」

切られたら二度と連絡がとれない気がする。それでもいいが、今はまだ知りたいことがたくさんあった。

「何」

面倒くさそうにチカコはいった。

「新垣竜太郎って誰？　オバアの夫？」

「ああ竜太郎オジイね。オバアの元恋人。もういないけどね。置屋時代に仲良くなったお客さんばーよ、独り身のおじいちゃんで、家に来て住んでいいからって。お言葉に甘えてオバアと私と二人で転がりこんださ、ん、まあ、おじいちゃん家族じら～してよ」

そこで可笑しそうに笑った。

「もういないってのは？　その竜太郎さん、警察が捜しているみたいだけど」

「たぶん去年の五月くらいに死んだみたいよ」

あっけらかんという。

私は何か受話器の向こう側にいるのが、人間ではないように思えてきた。

「たぶん、みたいよ、じゃないよ」

自分たちの暮らす家の主だろう？

「そんなのわったーなんかきかれても、よくわからんし。竜太郎おじい、気がついたらいなくなってたさ。オバアが病気でぽっくりいってしまったっていったけど」

「死因は？」

「死体は？」

「オバアが始末したっぽい。話さなかった？」

どこかにある崖の中の墓。そこに並ぶ甕。

「なんでだよ、病気で死んだんでしょ？　そんなところに隠すってどういうこと」

「は〜だって、死んだって届けたら、わったーなんか、居候だから家出ていかなくちゃならなくなるさ〜旅行中ってことにして」

チカコはそこで懇願する口調になった。

「それより、ねえ、本当に駄目ですかあ。お願いします！　満足させますから泊めてください っ！」

「いや、駄目ですから」

答えたと同時に、一方的に電話は切れた。

私は深い溜息をついた。

警察に情報提供をしたほうがいいのかもしれないが、チカコとの買春が明るみに出るのは確実であり、職場の上司や、恋人の雪菜に知られたら、根本的な信用がなくなるにちがいなかった。最初にすぐ通報をしなかったことも咎められる気がする。考えた末に、私は通報しないことにした。

その晩、チカコが押しかけてきたらどうしよう、と思い、なかなか寝つけなかった。だが彼女は住所を知らない。道で偶然出くわさなければ大丈夫だ。

厭な夢を見た。

アパートの呼び鈴が鳴る。まず最初にチカコが現れ、次にオバアが現れる。二人は和解したという。いつのまにか私はチカコを抱いている。そこを遊びにやってきた雪菜に見られる。雪菜は裸で抱き合う私たちを呆然とした顔で見た後、何もいわずに去っていく。

なぜだか母親のようにオバアは毎日食事を作り、チカコは新妻のように毎晩、私の体に絡みつき精を吸い取る。私の給料や定期預金には当たり前のように彼女たちの手が伸びるようになる。どうしてだか私は健康を害し、寝たきりになる。チカコは甲斐甲斐しく私の口に粥を運び、早くよくなればいいのに、と哀しそうな顔でいう。私は衰弱していき、ある日意識を失う。私は悪夢の中で悪夢を見る。私は死ぬ。その遺体は大きな甕に押し込まれ、オバアのとっておきの墓——森の中の崖に開いた穴——の中に安置される。厭だ、そこで叫びながら目を覚ますと、大丈夫大丈夫夢だからとチカコが私を撫で、オバアが、入院に必要な書類だからまずはこれにサインをしろ、と生命保険の書類を私に押しつける。出て行けと怒鳴るが喉からは声が出ず……二人はそんな私を見てニヤニヤと笑っている。

ミシリと、床が鳴ったので、私は瞬時に覚醒した。

私は自分のアパートの部屋にいた。

部屋の電気は消していた。

ベッドから暗い室内に視線を向ける。

真っ黒な人影が部屋の中央に立っていた。

身長はさほど高くなく、髪は長い。全体のシルエットは少し太っていて、チカコではなく、雪菜でもない。

どうやって入ってきたのか？　もちろん玄関は施錠してあった。ピッキングで鍵を開いたか。窓は換気のために少し開いて網戸にしていた。二階なので樹木をつたって侵入できないことはない。

侵入方法はともかく、何故ここにいるのだ？

私は慄きながら体を動かさず、薄目で影を見つめた。

老女だ、と思った。

黒い老女の影は異様な気配を放っていた。さきほどの悪夢から現実の領域に出てきたかのようだった。手に刃物を持っている。刃渡りと形状は包丁のように見える。

老女の影はミシリ、と動き私の寝ているベッドのほうに近寄ってくる。

刺激せぬよう寝たふりをしているべきなのか、今すぐ飛びあがって玄関のドアを目指すべきか。

老女はさらにミシリ、とこちらに寄った。

全身の血が危機をおぼえてすうっと引いていく。

逃げることに決め、飛び起きようとしたが、体が石になってしまったように動かなかった。

汗が噴き出してくる。再び体に力をいれた。部屋のあちこちで壁や天井が鳴った。パン、とか、ダン、とかいった音が不規則に一秒に一つずつ鳴る。

それは私を覗きこんだ。

真っ黒なそれの目は真ん丸で大きく、血走っていた。洞窟で百年も暮らした魔物のように思えた。

「チカコはあ」

干からびた声でそれはきいた。

「どこお」

――知りません。

必死で答えた。

――帰ってください、知りません、知りません。

でも、声は出なかった。

「ぬーがやー、知らんの、ゆくさー」

声は出ていないのに通じたらしい。

黒い影は包丁をすっと上にあげる。ぶつぶつと何かいっているが、方言が多くてよくわからない。いつのまにかそれの体が大きくなっているように見える。ほとんど巨人の体格だ。

――知りません、知りません。知りません、知りません。

殺される。殺される、殺される！

「きただろう。どこに行ったのか、いえ！」

オバアがさっと体を動かしたとき、衣服の裾がテレビのリモコンに当たったのだろう。ガタン、とリモコンが床に落ちた。それにより、テレビの電源が入った。明るい画面と、すっとんきょうな深夜アニメのテーマソングが部屋に流れ出す。

ふっと金縛りが解けた。

よく殺人犯が逮捕されたときに、犯行の記憶がないと供述することがある。たくさんの目撃者がいた白昼堂々の犯行なのに、当の本人は、おぼえていない、と。

私はここに至って、ああ、ああいう供述は事実なのだな、と納得できた。

蛍光灯が照らす室内の床に、胸に刃物を刺した老女がいる。老女は目を見開いている。

私は彼女から刃物を奪いとって刺した——のだろうが、よくおぼえていない。生き残ろうと無我夢中で頭の中が真っ白になり、はっと気がついたら刺殺体が床にあったという感じなのだ。

私はタオルで顔を拭いた。いくら拭いても汗がとまらない。

老女の服からハイトーンが顔をのぞかせている。沖縄の安い煙草だ。煙草は五年前にやめたが、私はハイトーンを拾い上げ、一本抜くと、火をつけた。テレビがまだついていたのに気がつき、消した。

何はともあれ私は全てを失うのだろう。手にした煙草が小刻みに震えている。

煙を吐いていると携帯電話が鳴った。

私はぼんやりと携帯を手に取った。

非通知表示で、受話器の向こう側には静寂があった。無言電話だ。

「あのさあ」私は静寂に向けていった。

涙が滲んでくる。

改めて考えれば、チカコは私がショッピングモールの写真屋で働いていることを知っていて、私の電話番号も知っている。職場から後をつけることもできるわけだし、自転車には名前と登録住所が書かれている。私の住所を調べることは難しくないはずだ。あたかも自分がその住所に逃げ込んでいるようにオバアに教えることだってできるはずだ——。

「やっちゃったからさあ」

　相手は無言のままだ。私は繰り返す。

「やられるかと思って、やっちゃったからさあ」

　私は溜息（ためいき）をつくと、投げやりかつ、切れ切れにいった。

「死体を、隠す、なんだっけ墓だっけ？　それどこにあんのか教えてくれないかな。それで、えっと南米、行こう」

　受話器の向こうで、ひひっという女の笑い声がきこえた。深い夜の底知れぬ闇が、音もなく私を包んでいく。

# 幻灯電車

# 1

ちょうど元号が昭和になってほどない頃のことです。

その当時、那覇港の通堂（とんどう）から、首里（しゅり）まで一両編成の、路面電車が走っていました。

私はこの路面電車が大好きでした。

若狭町（わかさまち）から乗りますと、道には人力車や、籠（かご）を頭に載せた歩行者が目に入ります。それがすぐに湿原、そして畑の風景へと移り変わっていきます。

やがて電車は、首里の高台へと登っていきます。どんどん高度があがり、窓から、海と、その海に浮かぶ雲と、緑と、町と、遠い慶良間（けらま）列島の影までが見渡せます。

この路面電車には奇妙な噂がありました。

深夜に、時刻表にはないお化け電車がやってきて、どことも知れぬ場所にいくというものでした。

お化け電車を目撃した同級生によると、お化け電車は青白く光り、乗客が何人か乗っていたそうです。車掌は白い山羊（やぎ）の頭をしており、乗客はよく見るとみなのっぺらぼうだったそうです。

その同級生は見ただけだったのですが、十歳のときに、なんと私はこのお化け電車に乗ってしまいました。

私は、首里からほどないところにある祖父母の家で過ごし、父と母と、四つ離れたナコ姉と一緒に若狭の家に帰ることになりました。旧正月のことです。

私たちは、坂下という停留所（当時は乗り場といっていました）から路面電車に乗りました。

帰る寸前まで、従兄弟たちと遊んでいたため、なんとなくはしゃぎ疲れていて、私は無口になっていました。ナコ姉も、むっつり黙っていました。

揺れにまかせて、座席でほんの少し眠ってしまいました。

「チイコ」

ナコ姉が私の肩をそっとつつきます。

「起きて」

私が目を開くと、乗客は私たちだけでした。

外の景色に見覚えがありません。夕暮れの森と畑が続いています。

あれ？

「ここ、どのへん？」

私はナコ姉にききました。ナコ姉も目を丸くしています。

何かが変でした。

坂下から若狭町まではすぐの距離のはずですが、路面電車はいつまでも停車しないし、車内も眠る前より薄暗く、何か妙な感じです。到着しないということは、全然違うところを走っているのでしょう。

父と母の様子を窺うと、母は表情がかたまっており、父は怒ったように眉根を寄せていました。

きい、と路面電車が止まりました。

父が身ぶりで、降りろ、と私たち姉妹に合図します。私たちは黙って電車を降りました。

旧正月は一年で一番寒い頃です。夕暮れの冷たい風が顔に吹きつけました。空の端がオレンジ色と、紺色になっています。

あたりを見回すと、森と畑と、亀甲墓があちこちに見える田舎の風景が広がっていました。乗り場でもなんでもないところでした。

すぐに路面電車は、チンチン、という合図の音をだして動き出します。去っていく路面電車は、全体がぼうっと蒼白い光を放っておりました。

道も軌道もない、雑草の茂った野原の中に電車は消えていきます。

「ハッサ、今のお化け電車だったんじゃない」私と姉は、きゃあきゃあ騒ぎました。

「青く光ってたもの」

「お化け電車だったねえ」母が首を捻（ひね）って、ぶるりと震えるしぐさをしました。「あのまま乗っていたらどうなっていたことか」

最初からお化け電車に乗ったのか、それとも寝ているあいだにお化け電車になったのかはわかりませんでした。

父は低い声で、ぶつぶつ、魔除（まよ）けのおまじないを呟（つぶや）いています。

「ここ、どこなんだろう」

「明日（あした）、学校で自慢しよ」

「とりあえず、はぐれずについてきなさい」

私たちは父について、歩き始めました。

後ろでお化けが見ている、とナコ姉がいい、私はさっと振り向くと、誰もいない路地に向けて、拳（こぶし）を振り上げて舌をだしました。

その後、どうやって帰ったのかは記憶にはありません。

ただ、家族でお化け電車に乗ったのは確かなことです。

それ以後、何度となく路面電車には乗りましたが、電車がお化け電車になったのはそれきりでした。

ちょうどお化け電車に乗った年の秋、父がいなくなりました。

母によれば、父は東京に商売をしにいったとか、あるいは商売のネタを探しにいったとかで、当分戻ってこないのだそうでした。

私はどうしてだか、いなくなった父は、本当はあのお化け電車にまたもや乗ってしまい、帰れないところまで行ってしまったのだと感じていました。

父がいなくなってから、一か月後に絵葉書がきました。

東京の街並みを描いた絵葉書で、みんな元気か、家族みんなの元気を祈っている、と書いてありました。

## 2

私が十三歳、ナコ姉が十七歳のときです。

十七のナコ姉は、辻界隈(つじかいわい)の飲食店で働くようになっていました。

当時の辻には沖縄最大の遊廓(ゆうかく)があり、いわゆる女遊びの店は、二百棟をこえていました。銀行員も、役所の人も、大和から来る人も、みな辻で遊んでいったものです。

とても壮麗で賑(にぎ)やかなところでした。

色とりどりの提灯(ちょうちん)がそこら中に灯(とも)り、もの売りがあちこちにいて、車や人力車が路上をいきかい、真っ赤な傘を差したジュリが歩いています。ジュリは遊女のことです。

ナコ姉は身請けのジュリではなかったのですが、三線をひいて唄ったり、男の人たちの相手をする仕事をパートタイム的にしていました。

繁華なところで、ナコ姉と一緒にいると、男の人によく声をかけられました。ナコ姉は知り合いも多く、美人でした。

ただナコ姉の唄は何度かきいたことがありますが、実のところあまり巧くはなかったです。

港で爬龍船が競争するお祭り、那覇ハーリーの日のことです。私たちはお祭りを見た後、宵闇の道を家に向かって歩いていました。

夜の道は本当に真っ暗になるため、私たちは提灯を持っていました。

まださほど多くはなかったのですが、ところどころに外灯もあり、民家から漏れ出る光も幻灯のようで、それらが湿った闇の中にぼんやり浮かんでいました。

人気のないところで、ナコ姉は不意にいいました。

「やーは、お父さん、なんでいなくなったか知ってる?」

私はよく意味がわかりませんでした。

「東京で商売、でしょ」

お正月には年賀状がきます。お盆の頃に葉書がきたこともあります。いつもたいしたことは書かれていません。

「そう思っている? ちがうよ。まあ、東京で商売なら、なんで一度も戻ってこないの？」

　私はませたことがいってみたくて、

「女ができたんかな」と口にしてみました。

　ナコ姉はぷっと笑いました。

「ち、が、う、よ」

　じゃあなんだろう。あまり知りたくはありませんでした。何か厭（いや）な予感がひしひしとしてきます。

「お父さん、三年前、自分の酒代のために、わったーを辻の廓（くるわ）に売るつもりだったんだよ」

　私はぎょっとしました。

「わったーだけじゃなく、やーも、だよ」

　辻のジュリには、借金のカタに売られてきたものがたくさんいました。売られる理由が、親の困窮を助けるため、というのはよくある話ですが、多くの場合、親の困窮というのは、博打（ばくち）であったり酒を原因としているのが哀しいところです。

「それで、お母さんが殺したんだよ」

　私たちの間に、沈黙が置かれました。

　周囲は静まっています。

　母が父を殺した。

何か急に重いものが胃袋に入ってきたような感覚をおぼえました。

「殺して、くれたんだ。ぜんぜん働かんし、娘を売ってそれで遊ぼうなんざ、畜生だって」

意地悪な姉が、私を泣かそうと作り話をしている可能性はありました。

「ゆくさ〜」

その手はくわぬ、と私は明るい声で、嘘つき、といいました。

しかしナコ姉は、乾いた笑い声をあげると「嘘じゃないよ」と返します。その声は少し震えていました。感情を堪えているようでした。

「でも、東京、年賀状だって」

「あれ、お母さんと相談して、毎年、私が書いてるの。辻の仲良くしているお客さんで、東京によく行く人いるからね、頼んで、お金払って東京から出してもらっているの」

細い路地から、山羊が一匹でてきました。

立派な角の生えたオス山羊です。提灯の明かりに照らされた真っ白な山羊は、私たちに関心を示さず、そのまま路地の闇の中に消えました。

やがて暗い道を抜けて、外灯の下にでました。

木製の電柱に、裸電球がぶら下がっています。

「やーはのんきだね〜。やーはまだわらびんちゃーだから何も知らなくっていいってお母さんがいうからね。オジイもオバアもしらんことだから、絶対誰にもいうなよ」

私は気持ちの整理がつかぬまま頷きます。

「もし誰かにいったら、お母さん刑務所、家なんかも全部なくなるよ」

他人にいったら殺すからよ、とナコ姉はしつこく呟きます。そこまでの秘密なら教えなければいいのに、と思います。

「三年前、一回、オバアの家にあたしたち預けられたことあったでしょ。あんときお父さん殺したのさ、んで、デンさんに頼んで、船に乗せて、死体を沈めたの」

外灯の落とした光の中を、蝙蝠がバタバタと横切っていきました。

「デンさんって」

「デンさんは、そう、あのデンさんのことよ」

デンさんは、家によく遊びにやってくる陽気なおじさんです。漁師だから、新鮮な魚をもってきてくれます。小さい頃からの知り合いで、道で会っても挨拶します。

一度、デンさんも含めて、家族みんなで波之上宮にいったことがあります。デンさんは私の顔をのぞきこんでいいました。

――お父さんいなくって寂しいなあ。でも、頑張れよぉ。

デンさんのことは、嫌いではありませんでした。

「デンさんのお望みは母さん、で、わったー」

「どういうこと」

「お父さん殺したこと、いざとなったらばらすって、それが厭だったら……デンさん、やーが思っているようないいひとじゃないよ。狡い。最初はお母さんだけだったけど、次はわったーもだから。最初からそれが目的で手伝ったのかも」

呼吸が苦しくなってきました。

「次はあんただから」

私が？ 何を？ デンさん？

「まあ、ちょっとの我慢さ」

ナコ姉は呟きました。

ちょっとの我慢とは？

今後、おまえはデンさんに手をだされるだろうが、事情のあることだから仕方がないと心得ておけ。ちょっとの我慢だから辛抱しろ、という意味か。

「いや」

私は何か身の内に堪え切れぬものが湧きあがってくるのを感じ、ナコ姉を残して夜道を走りました。

私を守るものはありませんでした。

何もありませんでした。

# 3

星が空に瞬(またた)いています。

暗い海に、漁船の灯が見えます。

蒼白(あおじろ)い夜の雲が、海上に浮かんでいます。

私は冷たい白砂の上に腰かけています。

私は何者なのだろう。

どうして生きているのだろう。

いつまで生きているのだろう。

こんなことを考えるのは青臭い証拠でしょうか？

当時の私はいつもそんなことを考えていました。家の近所には孔子廟(こうしびょう)があり、孔子は、親孝行を道徳にあげています。

ナコ姉からきいた我が家の秘密は、母にきけば確認できることですが、口止めのこともあり、恐ろしくてきけません。

でも、本当だとしたら、私の父は鮫(さめ)や小魚に分解され、海に溶け消えてしまったのです。

リーフの外の暗い青のうねりの下で、父の体が粉々になっていく様を私は想像します。ナコ姉にも、私にも父の血が混じっています。

母は、自分が殺した男の娘たちを本当に愛しているのでしょうか。いつもそこに殺した男の面影を見ているのではないでしょうか。

いつデンさんは、私に手を伸ばすのだろう。

逆らったら私も海の底だろうか。

私は何のために生きているのだろう。

いつまで生きているのだろう。

考えれば考えるほど、歪（いびつ）で醜悪な世界が浮かび上がり、怖くなります。

恐怖から逃れる方法は、一つしか思いつきませんでした。

何も考えないことです。

笑って、遊んで、今日生きていられたことに感謝して、それ以上を望まないことです。

翌年、父からの年賀状はきませんでした。

那覇ハーリーの夜から一年が過ぎました。

私はできるだけデンさんと二人きりにならないようにしていましたが、ある晩、遊んで帰ってくると、家には母も姉もおらず、デンさんが上がりこんでいました。

デンさんは仏間で一人で酒を飲んでいます。よく見る風景なので違和感はありません。外に出ようか、と思ったところで声をかけられました。

「あ、チイコ。今晩は出かけないで、酌をしてよ」

デンさんは甘えるようにいいました。

ああ、今日がその日なのだな、と直感しました。

「え、お母さんは」

「いないんだよ」

「なんで、いつ帰ってくるって?」いつも通りに平常を装ってききます。

「模合があるから遅いって。お母さんからね、デンさん、チイコの面倒みていてねって、留守番頼まれたさ」

デンさんは、決して器量のよいおじさんではありませんし、気味の悪いところもあるのですが、あらゆる角度から見て、手がつけられないほどひどい男というわけでもありません。良いところを一生懸命探せば、なくもありません。母を助けてくれていますし、路上で私が苛められているときに、通りがかってものすごい剣幕でいじめっ子の悪ガキを張り倒してくれたことがありましたし、きっぷよくこれでお菓子でも買えと一円くれたことがありましたし、私のへたくそな三線で、大喜びで唄ってくれますし。何かあってもたいがいは私の味方をしてくれますし。

そんなものは後で手をだすことを考えての計算? では色恋で、何の計算もしていない男女が果たしてどのぐらいいるのでしょうか。いやらしい男？　いやらしくない男などいるのでしょうか。いやらしいから子孫を残すのでは？　姉にいわせれば——デンさんは狡い——でも、自分が殺した男の死体の処理を頼み、共犯者としてデンさんを巻き込んだ母は狡くないのか。遊廓に娘を売ろうとした実父は狡くないのか。デンさんだけが狡いわけではありますまい。

デンさんはじっと私を見ます。その視線が私の足に向かい、胸に向かいます。

「だから今晩は、出かけちゃ駄目よう。おじさん、なんでみていなかったのって怒られちゃうから」

「もう、そんな子供じゃないよ」

デンさんは煙管（キセル）に煙草を詰めると、火をつけて、煙を吐きました。

「そうだね。改めて見ると。ナコ姉よりも美人さ。おいでおいで」

その晩、私はデンさんとそういうことになりました。母と姉は、とても遅く帰ってきました。

## 4

玉城恩次郎に会ったのは十六歳のときでした。

きっかけは牧志の路上でした。

酔っぱらいが人力車にぶつかって地面に倒れたのを、たまたま通りがかった私が介抱していると、横から現れて手伝ってくれたのが玉城恩次郎でした。

その後、波之上宮のほうで偶然に再会し、そこから仲を深めました。

私は恩次郎と意気投合して、よく一緒に夕食を食べたり、お酒を飲むようになり、また体の関係もできました。

不思議な男でした。明らかに筋者と思われる人たちと何やら話していたこともあれば、中国人と話していることもありました。

かといって社交的な人間というわけでもなく、滅多に笑顔を見せず、むっつりとした暗さをまとっているのです。

旅人用に、格安で部屋を貸しているところがあり、恩次郎はほとんど何も家具を持たずにそこで寝泊まりしていました。大きな革の鞄一つが恩次郎の持ち物です。

恩次郎はいろいろ故郷のことや自分のことなどを話してくれました。

与那国島出身の二十八歳だと彼はいいました。

与那国島の風土や、遠いマラッカに先祖を持つというその血筋のことや、学校に行っていなかったため読めない文字がたくさんあることや、十八で結婚したが、二十二のときにマラリアで妻子を失ったことや、極貧生活を強いられ、大阪にいったら差別にあって悔しくて喧嘩ばかりしていたことや、ハブ獲りは名人域で、あちこちでハブを獲って金に換えたことなど。

「波瀾万丈ね」

「こんな風に話したのはあなただけさ。きっと人間は、たまにでも、自分を語ることが必要なんじゃろ。親しいものが誰もいない年月を繰り返していると慣れてくるが、時折、誰かに知ってもらいたいという欲求が湧きあがってくる」

「そうかもね」

彼は年上の、人生の荒波を乗り越えてきた頼もしい男にも、ひどくあやふやで人生に失敗した頼りない男にも見えました。

私も彼には多くを話しました。母が父を殺したことはさすがに未確認の事実ですので黙っていましたが、母の知人の男に手を出されていることは話しました。家族黙認で、週に一度、姉妹が交代で、当番のように相手をしていること。

「それは酷い」

「酷いさ」

私は座敷で向かい合って彼の顔を眺めました。ふと、彼は幽霊みたいだと思いました。今、彼はここにいるのに、風に吹かれただけでこの世界から消滅してしまいそうな、何か妙な存在の希薄さがあるのです。

「だから世の中は真っ暗。あーあ、憂鬱（ゆううつ）」

「だったらそいつを殺したらいい」

――うーん、厭（いや）は厭でも、さすがに殺すほど厭でも。

私はデンさんの顔を思い出します。

「あれ？」

背筋に悪寒が走りました。

少し間を置いてから、私は口を開きました。

「うん。うん。殺したい」

不思議な話で、ほんの一瞬前までは〈さすがに殺すほど厭でもない〉と思っていたのが、ぱっと〈猛烈に殺したい〉に変わったのです。

何も考えないことでごまかしてきた本音が、恩次郎を前にして浮きあがってきたのかもしれません。

急に殺意が爆発しました。

「本気で殺したい。死なしたい。殺したい。殺したい。あいつ死ね、死ねっ。卑怯（ひきょう）者」

どうしよう？　なんだこの感情。どうしよう？　あいつさえいなければ。あいつさえいなければどれほど日々がすがすがしいか。

「落ち着け。できる」

恩次郎は繰り返しました。

「できるはずよ」

「どうすればいい？」

## 5

誰もいない座敷で、恩次郎は小瓶を差しだします。

手のひらにおさまるぐらいのサイズの、硝子の小瓶には茶色い液体が入っています。

芋貝からとった猛毒で、針に塗って刺せば僅かな間で人を死にいたらしめるといいます。

「無料ではあげない。これにお金を払う価値があると思った人、金を払う覚悟のある人でないとあげられない」

恩次郎は涼しい顔でいいました。

私はお金を払いました。一ヵ月分の給料ほどの額でしたが、高価なものならそのぐらい当たり前だと思いました。

「いっとくけど本気だから」

恩次郎はにっこりと笑いました。

デンさんに抱かれるのはこれ以上厭だったので、できるだけはやく実行することにしました。

デンさんは、外で殺すことにしました。

家で死ぬより、外で死んだほうが、いろんな原因が考えられ、疑われにくいと思ったのです。

毒を買ってから二週間後。

七月のある晩です。私はデンさんにお酒をたくさん飲ませました。デンさんはあればあったぶんだけ飲んでしまう人なので、その夜はもらいものがあったからと嘘をついて特にたくさん用意しました。

頃あいをみて、浜で月見がしたいとせがみました。

「月がふだんより大きく見えるときあるでしょう。今日がそうなんだよ」

私たちは砂浜に腰を下ろしました。

私は気象、天文に詳しいわけではなく、月の大きさについては道で誰かがそんなことを話しているのを耳に挟んだだけなのですが、確かにその晩は月の大きな夜でした。

私は用を足しに行くといって、その場を離れると、針をだし、小瓶の毒を塗りました。猛毒ですから、自分の体に入らないようにしないとなりません。緊張します。

デンさんのところに戻ると、デンさんは砂浜に寝転がって空を見ていました。

私は隣に座ると、デンさんの足をチクリチクリと二回刺しました。

「あがっ？　何か刺した」

デンさんは飛び上がります。

「えっ」

「はっさ。今のでーじ痛かったやしさ。チイコは、大丈夫？」

「あがっ、わったーも刺された」私は嘘を吐きます。

「蜂みたいなのがいるかも？」

帰ろう、私たちは浜辺をでました。

私は先を歩きます。

提灯がいくつもぶら下がった通りにでます。

デンさんがふらふらとついてきます。

「チイコ、なんか、足が痺れてよ」

元気だな。私は胸中で舌打ちします。

恩次郎よ、毒にたいした効果がないぞ、と訝しく思ってきたところで、デンさんが、どう、と倒れました。

「デンさん。大丈夫」

私は慌てて駆け寄り、白々しい声をあげます。デンさんは呼吸麻痺を起こしかけていて、苦しげに私を見ます。

デンさんの目は、涙でうるんでいます。

「デンさん、飲み過ぎさ」

私はデンさんに笑いかけました。

「く、苦しい、水」

わかった、待っていて。

私はその場を離れ、ゆっくり、ゆっくりと歩きます。

ふと思いました。いや、もし、これでデンさんが死なずに回復したら？

私は駆けもどると、通行人がいないことを確認し、残りの毒を仰向けに倒れているデンさんの口に流し込みました。デンさんの目が驚きで見開かれます。びくり、とデンさんの体が震えました。

これでよし。

母も、ナコ姉も、私も、自由になる。

私は未熟な殺人者でした。

デンさんの口に毒をいれ、彼の苦悶（くもん）の表情を見て、よし、これで自由になる、と目的の達成に胸をなで下ろした瞬間、急に力が抜けてしまいました。

私は脱力したまま、苦しむデンさんをそのままにして、その場を離れました。

もしも今の時代だったなら、後に詰問（きつもん）されたときに疑われないように、泣き顔で介抱しながら医者を呼ぶなりなんなりしていたでしょう。

しかし、救急車は沖縄にはまだ存在しない時代です。戦後のように、公衆電話や電話帳があちこちにあるわけでもなく、こんな夜に医者を呼ぶ、というのは、簡単なことではありませんでした。

当時の私は医者を呼ぶことなど頭になく、かといって殺した後に何をすべきか考えてもおらず、歩きながら、どんどん怖くなっていきました。

眼の前に現れた屋台で一杯呑（の）みました。

お酒を呑むと、ひたすら玉城恩次郎に会いたくなりました。ついに殺したことを話し、これからどうすればいいのか意見をききたくなりました。冷徹な彼の顔を見ていると、すぐに気持ちが落ちつきそうでした。

一杯呑んでから、人力車を呼びとめ、玉城恩次郎が寝起きしていた宿に向かったのですが、彼はもうそこにはいませんでした。女将（おかみ）にきくと、数日前に出ていったということでした。

私は呆気（あっけ）にとられました。

別れも告げずに、何も残さずいなくなった恩次郎を恨めしく思いました。

私はふらふらと一晩、さ迷い歩きました。

心のどこかで、あのお化け電車を探していました。

あのお化け電車に乗りさえすれば、あらゆるものから逃れられるような気がしていたのです。

でも、都合よくそんなものは現れませんでした。

しまいには満月の照らす田畑のあぜ道や、闇夜の集落を徘徊（はいかい）して、夜が明けてからようやく家に戻りました。

デンさんは私が離れた後に、嘔吐（おうと）し、その吐瀉（としゃ）物をつまらせて路上で窒息死していました。

私が死ぬ間際のデンさんと一緒に歩いているのを見た人がいたということで、二日後には、家に刑事がやってきました。

母も、姉も、私をかばいました。

二人とも心の底では、デンさんの死に私が絡んでいたことを察していたのでしょう。

でも、そんなことは全く表情にだしませんでした。

「チイちゃん、大変だったねえ。デンさん、なんか心臓に持病があるっていってたからそれだねえ、きっと」

母は私に声をかけます。

「二人の関係は、どんな」刑事がいうと、ナコ姉が疎ましそうに刑事を見ながら答えます。

「二人の関係って、私たち家族は、みんなデンさんと仲良かったですよ。古いつきあいで」

よくやった。後は、私たちがおまえを守る。

そんな二人の気持ちがひしひしと伝わりました。

完璧(かんぺき)な計画を立て、完璧な供述をしていれば、あるいは私は刑罰を免れたかもしれません。しかし、警察は甘くはなく、私の言動は穴だらけでした。

取り調べ室に連れていかれると、次第に雲行きが怪しくなってきました。当日のあなたの行動はおかしい。なぜ逃げるようにして朝まで帰ってこなかったのか。彼が心臓に持病があるというから、かかりつけの医者を調べたが、そんな持病はなかったし、漁師仲間も知らないという。それはどういうことか。

「君、あの晩、城間(しろま)さんを残して、屋台で泡盛を飲んだだろう？　倒れて苦しんでいる城間さんを残して。ね？　どうして？」

城間は、デンさんの苗字(みょうじ)です。

これは後からきいた話ですが、その屋台に知人がいたようで、確かにその時刻、酒を飲んでいる私を見たと証言したのだそうです。

私はぎょっとしながらいいました。

「お酒を飲んだのは、デンさんと別れた後です」

あんなことになっているとは知らなくて。

「血縁者でもない歳の離れた男女が二人で月を見に行き、すぐに別れて、片方は毒物で死んで、もう片方の未成年者は一人でお酒を飲んでいた。それで、ふむ……君は、でも自分を疑うな、というのかな」

引っ込んでいた罪悪感も次第にでてきて、私はいつしか自白していました。

ただ、母が父を殺した秘密については黙っており、あくまでも、デンさんに強姦され、そのことを怨みに思っていたという話にしました。半分以上は本当のことですし、この点に関してはうまくいきました。

玉城恩次郎のことも話してしまいましたが、彼は結局捕まりませんでした。こうなることを推測していたのか、足取りに関する一切の手掛かりを残さず、見事に消えていました。

「こいつは、魔物だよ」刑事は私の描いた恩次郎の似顔絵をしげしげと眺めながらいいました。「この五年間で、毒屋が絡んだとする事件は、沖縄だけで八件ある。みんな状況がとてもよく似ている。あんたが毒を使う二週間前に、建設会社の副社長が同じ症状の毒で死んでいる。犯人は挙がっていないが、きっと君と同じ毒屋から買ったんだろう」

たぶん恩次郎にとってはそっちが主な仕事で、私はそのついでだったのでしょう。

私は恩次郎の幽霊みたいな佇まいを思い出しました。

「玉城恩次郎っていってたのは」

「事件ごとに、みな違う名前だが、似顔絵はどれも似ている。同一人物だろう。おそらく恩次郎ってのも偽名。あんたがきいた経歴もまあ、半分以上が嘘だろうな。影のような男だ。ふらりと姿を現し、社会にまぎれこみ、毒蛇や、貝からとった毒を欲しがっている奴を見つけては、売る。そして姿を消す」

あんたが恋して、体を許していたのは、そういう魔物だよ。と刑事は繰り返しました。

6

私は刑務所に入りました。戦前の刑務所は今よりもずっと待遇が悪く、下手をすれば病気になって死んでしまうほど辛いところでした。

母と姉は、頻繁に私に手紙をくれました。母は手紙の中で何度も私に謝罪をしていました。

姉は、あなたが殺さなくても、いずれ自分が殺していたかもしれないというようなこ

とを書いていました。（検閲が入るので、少し際どい内容です）

私は家族からすれば、怪物を倒した英雄のようでした。

直接はっきりと書かれてはいませんでしたが、文面から二人の感謝が伝わりました。頻繁に差し入れが届けられました。家族の絆は、私が刑務所に入る前より強くなったように感じました。

私は思い描きました。

出所したら！

夏のある日に、川で水浴びをして、夕暮れ時に縁側で西瓜を食べることを、丹念に思い描きました。芝居を見て、電車に乗って、家族でどこかに旅行に行くのもいいかもしれない。

想像こそが娯楽でした。

出所したら、喧嘩が多くなっていた姉とも仲直りできるように思います。母にも、本当の親孝行がしたい。恋はもうけっこうです。

その間、外の世界ではどんどん時間が過ぎていきました。

私が刑期をつとめている間に、路面電車は廃止されてしまいました。やがてあの二・二六事件が起こり、戦争の世がはじまりました。

沖縄戦に突入する少し前に、私は熊本刑務所に移送されました。特に私だけが、ということではなく、戦渦が刑務所に及ぶことを危惧して百名ほどが移ったのです。

世の中というのは不平等です。

途方もない理不尽だらけです。

デンさんを殺した私は、刑務所で生きながらえ、母と、オジイと、オバアと、ナコ姉は、一人残らず、沖縄戦で死んでしまいました。私の家を含めた一帯は、燃えてしまい、記憶の街角のほとんどは、消え失せました。

住民の三分の一が死ぬような、地獄絵図が故郷で繰り広げられているあいだ、私は熊本刑務所の壁を見て、呆けたように空想をして過ごしておりました。

カタタン、カタタン。

蒼白い光を放つあの電車は、もはや記憶の中にしか存在しない街並みを通りすぎ、夜の深い森を通りすぎ、愚かな女を閉じ込めた牢獄の前を通りすぎ、幽霊の国を通りすぎ、夢の向こう側へと走り去っていきます。

カタタン、タン。

刑務所を出た頃には、終戦しており、沖縄はアメリカ領になっていました。

## 7

　それから先の、私の人生は省略しましょう。私は大阪で仕事を見つけ、次には東京に移り、結婚はしませんでした。

　沖縄が日本に復帰してから数年後の冬、私はようやく仕事の休みをとって、沖縄へと足を向けました。

　私は五十七歳になっていました。

　刑務所を出てから、故郷に足を向けるのは初めてでした。

　私が子供の頃と違って、着物姿の人がだいぶ減っています。人力車もなくなっています。

　道は舗装され、車が通り過ぎ、アメリカ人が歩いています。

　目的としていた一通りの墓参りが終わると、私はぼんやりと、那覇の外れを散歩してみました。

　戦禍を免れたもの、消え失せたもの、新しくできたもの。いろいろ混ざり合い、那覇はもう別の町でした。外灯があちこちで眩(まばゆ)く、あの頃の闇はありませんでした。

沖縄料理店で食事をした後、闇を懐かしみながら暗い方へ暗い方へと細い路地を歩いていきますと、急に、いっさいの音が消えました。車やオートバイの排気音。民家から漏れ出る音、そうしたものがなくなりました。

いやに静かだな。

そして暗い。

昔、夜はこんな風に静かだった。

私はしばらく目を瞑(つむ)って夜の風を浴びていました。

闇の奥に死者の気配がします。

お父さん、お母さん、ナコ姉。デンさん。

戻ってきたよ。

どうして生きているのだろう。いつまで生きているのだろう、などとは、もう思わない年齢になってしまいました。生きているから生きているのです。そのときがくるまで生きているのです。

微(かす)かにどこからか、カタタン、カタタン、と軌道がきしむ音がきこえてきます。

そして目を開くと、私はあの何処(どこ)に向かうかもわからぬ幻影の電車のシートにもたれて呆然(ぼうぜん)としているのでした。

# 月夜の夢の、帰り道

## 1

あちこちに岬が突き出した、断崖の多い島だった。島の周辺には、岩だけの無人島がぽつぽつと浮かんでいた。

少年は十二歳になったばかりで、両親と一緒にその島を訪れていた。

一家が宿泊する民宿には、風呂はなくシャワーしかなかった。クーラーもなく扇風機しかなかった。

犬のいる庭があり、鸚鵡が鳥かごに入っていた。

民宿から歩いて五分で、白砂の浜に出た。

浜には透明な水が打ち寄せ、シュノーケルをつけて泳ぐと、藻を食べている海亀がいた。

砂浜から木造の桟橋がまっすぐに海に突き出ていた。

少年は夜明け近くに、父と二人で釣竿をかついで桟橋に向かい、その先端で釣りをした。

海は凪いでいて、鏡面のようだった。

浜の先には無人島がいくつか見えた。

朝焼けに染まった雲が海上に浮かんでいた。

ほんの少し肌寒かったが、太陽が昇るとぐんぐんと気温が上がっていく。

十二歳の少年にはじゅうぶん大きな魚が釣れた。

民宿に戻る途中で、島の少女が歩いていたので、なんとなく魚を掲げてみせた。

「釣っちゃった」

「わったーの家の夕食、昨日それだった。それのフライ」

少女は、少年の魚を見ていった。

初めて会った少女だったが、途端に仲良くなったような気がした。

「一緒に食べよう」

思わず少年はいった。少女は嬉しそうに頷いた。少年は泊まっている民宿の名前をいった。

民宿のおばさんが、釣った魚を刺身にして出してくれた。少年は遊びにきた少女と魚を食べた。

食後、二人は連れ立って山羊小屋を見に行った。

木漏れ日の通りは、透明な翅の蝉の声でいっぱいだった。山羊小屋は、そんな道の奥にあった。

山羊は少年を見ると鳴いた。

「本当に、メエって鳴くんだね」

「仔ヤギ抱っこできるよ」

少女は柵の中に入ると、仔ヤギを抱えて少年に渡した。

仔ヤギは温かく、微かに震えていた。


夜になった。

少年と両親は民宿の庭にでたテーブルでくつろいでいた。テーブルの上に何かがとまった。つまみあげるとカブト虫だった。

「カブトいた！」

少年が声をあげると、庭の物干しざおに洗濯ものを干していた宿のおじさんが、「台湾カブトだよ」といった。内地のカブト虫よりも、少し角が短い。

どんどんどん、と遠くから太鼓の音が聞こえた。

「何の音ですか」

少年の父親がきいた。

「今日はここの集落で御祭」

おじさんがのんびりという。

なんでも、神様が集落を練り歩くのだという。

「ミルク様が歩くよう」おじさんは笑った。

「牛乳？」少年がいうと、おじさんは首を横に振った。

「ミルクは弥勒さまのことね。真っ白な顔の神様さ」

仏教の弥勒仏が、沖縄バージョンでミルクという神様になったということだが、少年はそもそもの弥勒も知らなかった。

「見に行こうか」少年の母がいった。

家族三人は腰をあげた。

石垣が張り巡らされた、迷路のような通りをサンダルでぺたぺたと歩く。

集落はざわついていた。

住民たちが、催し物を待って夜の通りに出ている。少年の暮らす東京の祭りからすれば格段に人は少ない。屋台の類もない。だが、余分なものがない素朴な雰囲気が新鮮だった。

少年はふとトイレに行きたくなり、両親に断り、いったん一人で民宿に戻った。

用を足してから、両親のところに戻ろうとすると、細い路地の暗がりから、女がすうっと現れた。

何か得体のしれない、影のように希薄な女だった。

幽冥な気配を放つ女の後ろには、少し虚ろな目をした男がつき従っていた。

女は少年の行く手を塞ぐように立ち、目を細めて少年を見た。

少年はなんとなく緊張しながら足をとめた。

〈死ぬ〉

唐突に女はいった。

「え？」

少年は小さくききかえした。

〈あなたのお父さんは、死ぬ。かわいそうに。あなたのお父さんはもう長くはない。お父さんが死ぬと、お母さんはあなたを置いてでていく〉

少年は呆然とした。

御祭のざわめきや、楽器の音とは全く別の周波数の声だった。

少年は動こうとしたが、足が強張って動かなかった。自分が対峙しているものが、普通の人間ではないことは明らかだった。

女は目を見開いて続けた。

〈あなたのお父さんは、死神が目をつけている。かわいそうに。あなたはお父さんが死んだ後、お祖母ちゃんの家に預けられる。あなたのお母さんは戻ってこない〉

「な、何の話？」

〈未来の話さ〉

## 2

埼玉県。河川敷の高架の下だった。

大場彦一は、茶髪の中学生を殴っていた。

周囲には大場の仲間たちが薄笑いを浮かべて、煙草を吸いながら座っていた。

相手は自分と同じ十四歳だった。

蹴る、殴る、蹴る。

時折、電車が音を立ててやってきて、騒音で他の音がかき消えた。

茶髪の少年は、私立中学校の生徒で、よく公園やゲームセンターで見かけていたが、大場彦一とそのグループを馬鹿にしているという噂を聞き及んでいた。

その日、偶然、大場と仲間たちが歩いていると、茶髪の少年が前方の道にいたのだ。

「やっちまいますか？　つーか、ここはしめとかないと、示しつかんでしょ」

仲間の一人がいった。

そんなわけで茶髪の少年に声をかけ、取り囲むと人目のない河川敷に連れていった。

その茶髪の少年は、大場とその仲間数人に囲まれても動じなかった。

「何人がかりだよ」茶髪の少年は笑った。特に体格がいいわけでもなかったが、その余裕は何か格闘技でもやっているのかもしれない。

「俺一人で、後は観客だから安心しろ」

大場はいった。

その頃、大場彦一は、日常的に喧嘩をしていた。暴力こそが、一目おかれ、敬意を払われるために必要なことだと思っていた。

「おまえ、なんか俺たちのこと、いろいろいってるんだって」

「知らねえよ。かかってこい」

茶髪の少年はいった。大場の拳にためらいはなかった。

茶髪の少年は、その最初の余裕とは別に、決して殴り合いが強くはなかった。

茶髪の少年は、大場に一方的に殴られた後、戦意を失い、川の中に逃げた。

「コラ！　口だけ小僧」

仲間の一人が笑いながら石を投げ始めた。

大場は絶望的な気分で仲間を見た。本当にそう思うのなら、おまえが同じように、たった一人のときに誰かに囲まれて、自分よりも体格のいい奴に殴られてみろ。この口だけ小僧が。

大場は内心で、標的である茶髪の少年には敬意をおぼえていた。あの強気は、立派なものだと思ったのだ。

茶髪の少年はどんどん川の中央に進む。対岸に渡る気かもしれない。

ふと姿が見えなくなった。

頭がブイのように浮き沈みしながら、下流に流れていくのが見えた。

その日、茶髪の少年は死んだ。溺死だった。

大場たちは彼を引き揚げると、どうしたらいいかわからず、とりあえず救急車を呼んだ。

最初、彼を殴ったことは黙っていたが、顔には殴打の痕がはっきりと残っていた。隠せるはずもなかった。

一対一の喧嘩だったが、リンチ殺人事件、鬼畜中学生の集団暴行と週刊誌は報じた。大場彦一は、家庭裁判所に行った。殺人ではなく傷害致死という判決がでた。直接の死亡原因は大場の殴打ではなかったとしても、被害者少年が溺れたことに、大場の暴力は関連付けられた。もちろん、暴行がなければ少年は川に入ることもなかった。それは関連付けられてしかるべきだった。

聴取の際、彼の仲間たちは〈自分はその場にいただけで、内心では止めようと思っていたが、大場が怖くていいだせなかった〉と、口を揃えて主張したと、刑事にきいて知った。

大場は十九歳まで少年院で暮らすことになった。

3

大場は少年院の日々をつつがなく過ごした。塀の内側では、但馬悟朗という友人ができた。但馬は詐欺罪で後から入ってきたのだが大場より一つ年下で、退院時期も数ヵ月の差だった。

同部屋だったのでよく話した。

但馬悟朗から、逢おうという誘いの電話があったのは、大場彦一が少年院から退院して二年後、二十一歳のときだった。

久しぶりに逢った但馬は、手首に近いところまで刺青が入っていた。

少年院で会った頃はなかったものだ。

刺青を入れたのは半年前だという。

繁華街を歩きながら、通りすがりのカフェに「ここにしよう」と入っていく。

席につくと、但馬悟朗は、「最近、大変なんだよ」と話し始めた。

何が大変なのかというと、少年院に行っていた自分は、仲間たちに頼られて大変だという。続く話の内容は、喧嘩武勇伝だった。

適当に相槌を打っていると、一人の男がテーブルの前に立った。

その男は青のシャツにビジネススラックスという格好をしていた。頭髪はやや後退している。

「おまえら、どこのもん」

青シャツの男は鋭い眼光でいった。

「いや、どこのもんって」大場は苦笑した。動悸が激しくなっていく。

「別にそんな」

「うるせえんだよ」青シャツはいう。

「は？」

「うるせーんだよっ。は、じゃねえよ。頭だけでなく耳もわりいのか、このガキ。ここは、おまえらだけの店じゃねえんだよ。ちっとは社会を学べ」

さほどうるさくしていたつもりはなかった。

それに、図書館や電車内ならまだしも、ざわついたカフェで、うるさいも何もなかろうと大場は思う。

この男はどこかの組の人間かもしれない。でも服装からしてそうもみえない。いや、服装ではわからない。

大場は相手を値踏みしながら、これは参ったなあという口調でいった。

「あのお、困るんで、どっかいってもらっていいですか？　俺たちが怒る前に」

うるさくしてすみませんと謝ってもよかったが、それも納得がいかないし、第一格好が悪い。

ちらりと但馬を見る。

さきほどまで、〈俺らのチームは、気に喰わない奴らは、ヤクザでもキックボクシングの選手でも、全部ぼこぼこにして土下座させてきた。仲間が組関係と揉めたので、少年院経験があって頼りにされている俺がヤクザの事務所に一人で乗り込んで、きっちり話をつけてきた〉という武勇伝を、顔を紅潮させて唾を飛ばしながら夢中になって話していた但馬である。

但馬よ、こいつ、どうする。

但馬は青シャツの男を上目づかいで見ながらいった。

「ね、おっさん。俺ら、一旦切れるともうヤクザでもなんでも、殺しちゃうまで、やっちゃうからさ。マジで早めにどっかいったほうがいいよ。別に俺、稲山会の知り合いとかいるし。なんだったら呼ぶし」

但馬の声にはあまり凄みがなく、どこか尻すぼみで言い訳めいていた。ヤクザでも殺しちゃうといいながら、トラブルには、ヤクザの知り合いを呼ぶというあたりがぶれている。

青シャツの男は、ぷっと笑う。

だが目は笑っていない。意志の揺らぎのない視線を投げてくる。

青シャツは、臭いを払うように顔の前で手を振るといった。

「へ。なんじゃそりゃ？　何をやるって？　ぼくちゃん、何をやるって？　ね、もう一回いってみ。何をやるって？　ナントカ会の誰を呼ぶの？　おお、おもしれえなあ、最近のガキは。あ～ちょっとお友達にきいてみよ。ねえ、ぼくたん、このハンパ君は、お店で注意されたら、誰を呼んで何をするっていったん？」

ふと大場は、青シャツから数メートル離れた斜め前方の席で、若い女の二人組がこちらを見ていることに気がついた。私服だったが、服装からして、おそらく女子高生だった。椅子の下に置いた鞄にマスコット人形がぶらさがっている。彼女たちは口元に手をあてながら、何ごとか囁き合っている。

大場はふうっと息を吐くと、立ちあがるなり、青シャツの男に水をかけ、そのまま顔を殴った。

二対一なのだし、観客もいる。ここで引いたら体裁が悪すぎた。

そしてこの種の人間は、引けば引くほど、絡んでくる。

酔っぱらいにしろ、暴力団員にしろ、適当に殴って、すぐにその場を立ち去れば大丈夫だろう。

その男は意外にもその一撃で、あひい、と奇声をあげると後ずさり、顔を押さえて大げさに尻もちをつき叫んだ。

「店員さん、警察、警察呼んでえ、ちんぴらに殴られたあ、殴られたあ、怪我をしたあ」

困惑顔の店員がやってくる。

「警察う、警察う、いきなりクズが、殴ってきたあ、殺されるう、助けてえ」

勝った——とは思わなかった。何だ、この芝居は？　と思った。まずい。直感的にこれはまずい。

「おーらよっと」

但馬が変な掛け声と共に、大きな音を立てて席を立った。相手が弱くなったと見えて、即座に勢いづいたのだと大場は感じた。但馬には、先天的に状況を察する能力が欠けているのかもしれない。

大場は但馬の手首をひいた。

「行こう」

「ええ～、まってよ、彦ちゃん、俺のぶんは」俺が殴るぶんは。

「いいって、いいって。はやく出よう」

大場と但馬は、店員を押しのけ、足早に通りにでた。喰い逃げをしてしまったと思ったが、そんなことにかまっていられない。

青シャツの男は店の外まで追いかけてきた。まるで引ったくりに鞄でもとられたかのように叫ぶ。

「誰かあ、捕まえてよお、あいつらあ、捕まえて。喰い逃げだあ、捕まえて」

道の先に驚くべき都合のよさで（あるいは悪さで）、警察官が現れ、大場は捕り抑えられた。手錠が後ろにかかった。見回すと但馬悟朗はどこかに逃げていなくなっていた。

警察署、留置場と続き、無銭飲食と暴行罪で起訴された。裁判が行われた。

店内に設置された防犯カメラに、一部始終は記録されていた。

青いシャツの男——裁判では別のシャツを着ていた——は、「他のお客さんに迷惑なほど騒いでいて、静かにしてくださいと注意したのですが、逆切れされて殴られました」としおらしい表情で証言した。確かに防犯カメラの映像は、そんな風に見える。その店の防犯カメラの映像に音声はない。

結果的に手をださなかった但馬悟朗は罪を免れ、更には「その日のことは動転していてよく覚えていません。大場君が急に動いたので、止めようと思ったのですが、間に合いませんでした」と証言した。

大場彦一は刑務所に収容されることになった。

十四歳で傷害致死事件を起こした少年が、少年院を出てから二年後に、ほぼ現行犯に近い状況でまた暴行で逮捕。防犯カメラの映像という動かぬ証拠あり。情状酌量の余地はなく、一年半の服役が決まった。

はめられたのではないか？

もちろん大場は思った。青シャツの態度はおかしかったし、あのタイミングで、たまたま巡回中の警察官がでてくるというのもおかしい。応援の警察官も驚くほどはやく現れた。青シャツの男と警察官は、裏で示しあわせていて、検挙の点数稼ぎのために利用されたのではないか。

また、但馬にも不信感を抱いていた。いきなりかかってきた電話。カフェを選んだのも、席を選んだのも但馬だった。まさか但馬も芝居に嚙んでいたか。

一年半の刑務所暮らしで、大場は自分自身を見つめ直した。

大場の父は、大場が十二歳のときに交通事故で死に、住んでいた一戸建ては父の死後売却された。そうして大場は父方の祖父母の家に預けられ転校を余儀なくされた。母は出奔した。転校先では苛めにあった。

辛い日々だったが、ある日、自分を馬鹿にしていたガキ大将に背後から組みついて首を絞め、倒れたところを馬乗りになって殴りまくった。それで周囲の視線が変わった。唐突に苛めが止まったのである。馬鹿にする者も、蔑む者もいなくなった。なるほど、と大場は学んだ。

いつのまにか、〈自分のことを舐めている奴〉に敏感になり、見つければすぐに暴力をふるうようになっていた。

だが、そんなことをしないで済むのなら、本当はしたくはなかった。

人生は車の運転に似ていると大場は思う。たまにスピードをだしても、ちょっと他所見(よそみ)をしても、粋がって後輪を滑らせても、事故を起こさない奴は事故を起こさないし、捕まらない。そして起こす奴は、みなとさして変わらない運転をしているはずなのに——ネズミとりに引っかかり、小さなハンドルミスに不運が重なり大事故を起こす。

自分は後者だ。ツキに見放されているのだ。

これを機にやりなおそう。但馬のような奴から電話をもらってもつきあわないことだ。

但馬は入所してから、手紙の一通も寄越さない。

まっとうでない人間とはつきあわない。誘いにものらない。

もう一度、罪を犯したら、たぶん、俺はもう終わりだ。

そして出所し、愛知県の、車の工場で働いた。ライン仕事である。

黙々と働き、一日が終わると寮に帰った。寮では一度、派遣社員どうしの殴り合いの喧嘩(けんか)があった。マリファナを吸おうという者もいたし、車でナンパにいこうという者もいたが、身近でもめごとが起こりそうなことは、全て回避することに決め、一切関わらなかった。ライン仕事は三年続いた。辞める時に、彼の上司はこういった。

「君は稀(まれ)にみる、いい工員だったよ。サボらず、まじめで、仲間思いで」

次に、広島のお好み焼き屋さんで働いた。

ライン工場で出会った男の紹介だった。ここでも黙々と働き、トラブルを起こさなかった。

酔っぱらいの客が絡んできても、感情のない声で、マニュアル的な謝罪を繰り返すことで対応した。

お好み焼き屋は二年間で、急に解雇された。なんでも大学を中退した甥が手伝いにくるから、しばらくアルバイトはいらないのだという。

「本当によくやってくれているんで、心苦しいんだけど」

大場はその言葉だけで嬉しかった。金をほとんど使っていなかったので、とりあえずの貯えができていた。

大場彦一はそれから沖縄に向かった。

那覇空港に降り立つと、安宿で一泊し、翌日には、離島に向かうフェリーに乗った。

4

そこは、かつて少年時代の夏休みを、家族と過ごした離島だった。

大場彦一は二十七歳になっていた。

十二歳の頃に、家族で泊まった民宿が、十五年前とあまり変わらずにあった。

宿泊手続きをすると、ビーチにでた。

かつて父と釣りをした木製の桟橋もそのままにあった。

島の釣具店で、竿を買い、夕暮れ時には桟橋で魚を釣った。宿に持っていくと、調理して夕食にだしてくれた。

彼がこの離島を訪れた目的は、新しい仕事を始めるまでの、休暇だった。

シュノーケリングをしたり、ぼんやり文庫本を読む日が一週間続いた。

その日の夕方も、桟橋に腰をかけ、足をぶらぶらさせながら、竿を出していた。

「釣れる？」

振りかえると、二十代後半から三十代半ばに見える女が立っていた。化粧気はあまりない。

「いや、まだ。きのうはタマンを釣ったけど」

「ニイニイずっといるね。よく見るもの。何日目？」

「ええ、もう一週間です」

「この島は気に入った？」

「はい」

女は煙草を吸っていいかというので、どうぞ、と答える。

女は大場の隣に腰かけ、煙を吐いた。

大場は女としばらく話した。大場は、少年院や服役のことは一切話さなかった。小さい頃、家族旅行でこの島にきて、そのときとても楽しかったのを思い出してまた来たのだ、といった。

「十五年ぶりかあ。いいね」

「全然変わっていないんでびっくりしました」

「変わらないね。整備された道路とか、港の前に公園ができたりしたけど。基本的なところは一緒かも」

女の名は、タイラさんといった。島で生まれ、島で育ち、一軒家に一人で住んでいるという。

「良かったらビールでも飲む？」

タイラさんに誘われるままに、車に乗った。

車は山を登り、見晴らしのいい丘を越えたところで未舗装路に入った。

タイラさんの家は木々に囲まれたコンクリートの平屋だった。こぢんまりとした造りだった。

周辺には家はなかった。

玄関から中に入ると、部屋は三つある。そのうちの一つの窓からは海が見えた。

「これはまた、崖の上の隠れ家ですね」

「ひっそりとしていていいさ」

「お仕事、何しているんですか」

「島の酒造所で泡盛つくっている」

島の東海岸に、酒造所があった。彼女はそこの社員だといったが、暇な日が多いという。

「私ね、魔女って呼ばれてるの」

「魔女ですか」

大場は繰り返した。沖縄の離島に、ユタでもツカサでもなく魔女が住んでいる。

魔女の家にしては普通だった。テレビがあり、本棚があり、食器棚があり、テーブルがあった。本棚にはあまり魔女的な本――たとえば黒魔術の本など――はなかった。

「怖い？」

「いえ、全然。魔法など使えるんですか？」

タイラさんは笑った。

「そこそこ使えるかな。でも今は使わない」

しばらくビールを片手におしゃべりした。

テレビをつけると、台風が接近中だった。

明日（あした）、明後日（あさって）はフェリーが欠航するという。

その後、夜半過ぎに成り行きから男女の関係になった。

翌朝は、風の音で目が覚めた。テラスに出ると生あたたかい風がびょうびょうと吹いていた。

タイラさんはキッチンに立っていた。

ぼんやりしていると、みそ汁の匂いがしてきた。

「民宿で、宿代ずうっと払っていると、高いでしょう。よかったらご飯は作らないけど、台風もくるし、船もでないし、寝るだけならここに無料で泊まってもいいよ」

大場は少し考えた。

「結婚とか、してないんですか」

「まさか、してないねえ」タイラさんはいった。「ニイニイ、もし結婚してたら、あんなことしませんけど?」

まあ、そうだな、と思う。

大場彦一は、タイラさんの家に移った。

朝になると、タイラさんの家から歩いて山を下り、海にでて釣り糸をたれた。もう木製の桟橋があるビーチにはいかなかった。タイラさんの家から崖を下りた所にある磯か、港のどちらかに向かった。たいがいは何かしら釣れた。

魚をビニール袋にいれて戻ってくると、鱗を剝がし、内臓を捨て、焼いたり刺身にして食べた。

釣りは面白かった。最初はそこそこだったが、何日もやっていると、やめられなくなってくる。今日は釣れるか釣れないか。射幸心を煽るギャンブル的なところが釣りにはあった。

ただ居候するのもなんだからと、部屋や庭を掃除した。

昼間になると、眠くなった。網戸から入る風を浴びながら、ソファに寝転がった。起きると夕方だった。部屋にオレンジがかった光が差していて、そのまま夜になった。夕食は、ご飯を炊いて、何かしら一人で食べたが、タイラさんが作るときもあった。タイラさんはタイラさんで、酒造所に働きにいったり、フェリーに乗って那覇にいったりと、大場に気を遣うことなく勝手に動いていた。

大場は周囲の視線を気にしていた。島の女の家に居ついた無職の居候。あまり胸を張れるものではないと思っていたのだ。

「あんた、タイラさんの三人目だよ」

道を歩いていると、すれ違ったおばさんに唐突にいわれた。

「三人目って」大場はきき返した。

「あの子は、家に連れ込むの。好みの旅行者」

おばさんはにやにや笑った。

「前の二人は」

「さあねえ、どっかいっちゃったねえ」

おばさんは苦笑した。

島から去ったのだろう。

大場は、自分がタイラさんの連れ込む三人目の男だろうが、七人目の男だろうが、どうでもよかった。

タイラさんの迷惑になっていなければ、またトラブルが起こらなければ、何の問題もなかった。


瞬く間に三カ月が過ぎた。

「秋になってしまったね」

タイラさんは魚をさばきながらいった。

大場はソファでまどろんでいた。

網戸から夜風が吹き込む。

十月も半ばだったが、相変わらず日中の気温は三十度あった。夜だけが、過ごしやすくなっていた。

「ここまで、時間が早く過ぎたのは初めてかもしれない」

「どんどん過ぎるよ」

「過ぎますか？」

「時間は、寝ても、泣いても止まらない」

タイラさんはビールをだした。大場は、どうも、と頷いてプルタブを引く。

「あの、俺、本当にここにいても、いいんですか」

「いいよ。魚を釣ってきてくれるし」

タイラさんはいった。

「でも去ってもいいよ」

去ってもいいんですか、と大場は繰り返した。体の関係ができてからも、タイラさんにはずっと敬語で話している。居候の立場上、大きく出られないが、大きく出たいとも思わなかった。

「まあ、大場君の好きにして」

いてもいい。去ってもいい。

自分は本当にこの島にいたいのだろうか？

三ヵ月もいたせいか、内地に戻ったときに、自分が何をするのか全く想像できなくなっていた。求人情報誌か職業安定所で、何か職を探すことになるのだろう。もうじきに二十八だった。二十八という年齢は必ずしも就職が厳しい年齢ではなかった（三十八や、四十八に比べればの話だが）。しかしあらゆる選択肢があるという年齢でもない。いや、実のところまったく自信がなかった。

島の外にでたときの苦労を考えると、家賃を払うこともなくぼんやりとしているここでの日々には魅力があった。

数多くの不便はあったし、映画館に行きたいとかその種の欲求もなくはないが、あまり強いものではなかった。

その晩、大場は、ビールと泡盛をたくさん飲んだ。

タイラさんに、中学生のときに傷害致死事件を起こしてしまったことを話した。少年院のことも話した。そしてほどなくして刑務所。明け方までかかって、おおよそ全てのことを話した。

タイラさんはただ黙って聞いていた。

話すとすっきりとした。だが、ひどい自己嫌悪にも陥った。

翌日、大場は荷物をまとめ、本島行きのフェリーに乗った。

那覇に到着すると安宿に荷物を置き、ステーキを食べ、書店に行った。その後映画館で映画を見て、後は街を歩いて過ごした。

街を歩いていると妙に疲れた。

目につく誰も彼もが、みな自分よりも活力のある超人に見えた。彼らは——朝七時に起き、職場に遅刻せず現れ、週に五日、もしくは六日、一日八時間以上を、上司や同僚といった他人に囲まれて過ごし、休日には恋人なり友人なり家族なりと一緒に過ごす。

結婚すれば祝福され、子供ができれば莫大な養育費と、その子が成人するまでの自分の時間を費やしてやる。しかもそれが当たり前だと思って生きている――ように見えた。

人ごみの中でどんどん息苦しくなってきた。下手をすれば、すぐにホームレスになってしまいそうだった。いや、家がないという意味ではすでに同じだった。

大場は那覇で二泊した。それで精神的な限界がきた。宿代の分だけ、どんどん金が減っていく。三日目に港に向かい、島に戻るフェリーに乗った。


タイラさんは、おや、帰ってきたの、と目を丸くした。

「俺、なんか駄目になっちゃって。怒ってもらっていいですか？」

「どう怒るの？」

「根性なしって」

「怒りません」

大場は頭をかいた。

「すみません。じゃあ、もう少しいてもいいですか」

「いくらでもいていいけど」タイラさんは、そしてまた意地悪にも付け加えた。「まあ、去ってもいいけど」

5

その後も相変わらずタイラさんのところにいた。

酒造所で労働したり、さとうきび畑の収穫の仕事をすることもあった。だがどちらも一週間から一ヵ月ほどの仕事で、それ以外には、およそ何もしていないといってよかった。

大場は定期的にタイラさんに己の人生を語るようになっていた。同じ話だったが、まるで初めてのように話した。

少年時代、傷害致死、少年院、刑務所、車の工場……。

一方通行の同じ話を繰り返すことは、タイラさんには迷惑だろうな、と思っていたが、話さずにはいられなくなり、やめられないのである。

タイラさんは黙って聞いていた。話を促すことも、相槌（あいづち）も打たなかった。

あるときタイラさんはいった。

「そんなに後悔しているなら、間違えなければよかったのに」

大場が島にやってきてから四年目の十月の末だった。

ようやく紫外線が弱まり、夜は過ごしやすくなっていた。

午後三時頃である。

タコが棲みつく場所を発見しており、そこにタコがいればタコを、貝でもあれば貝を拾おうと岩場に出ると、百メートルほど沖に、子供が乗ったダッキー（細長いゴムカヤック）が漂っているのが見えた。

親やツアーガイドらしき大人もおらず、パドルで漕いでいる様子もなかった。

すぐに状況を理解した。そうなった原因はわからないが、漂流しているのだ。

おそらくあの子は面白半分で海にでて、パドルを落としてしまった。

まだリーフの内側にいるが、このまま外洋に出たら危ない。

戻って海上保安庁に電話するか。でも、それでは電話のあるところまで三十分ほどかかる。救出がくるまでにはもっとかかる。悠長なことをしていて手遅れになったら――

ここは自分が泳いでダッキーを陸まで引いてやれば確実。

「おおい、待ってろよお。助けるぞお」

大場は少年に向かって手を振ると海に飛び込んだ。

水温は夏に比べれば低いが、泳ぐのに問題はなかった。島にきてからことあるごとに泳いでいたので水泳には少し自信がついていた。

大場はダッキーに向けて必死に泳いだ。

波も流れもさほどではない。

途中何度か方向を確認した。ようやくダッキーのもとに辿りつき、腕をゴムの船体の縁にかけた。少年にもう大丈夫だ、といおうとすると、少年の姿はなかった。

ダッキーには誰も乗っていなかった。

大場は呆然とした。

空のダッキーにつかまりながら、しばらく漂っていた。

ダッキーが急に流され始めた。

岸に戻そうとしたが無理だった。いつのまにか離岸流に乗ってしまった。川の流れと同じぐらいの潮流で、あれよという間に流れていく。

大場はひとまずダッキーに這いあがった。

リーフの外に出てしまった。

海の色は暗くなり、不気味にうねっていた。

パドルもないダッキーは、波間を上下しながらくるくると廻った。

大場がダッキーを捨てて海に飛び込んだのは、ダッキーに乗ってからおよそ二時間後だった。

いったん島から離れたダッキーが、流されながら再び岸に近くなったのだ。

近いとはいっても、泳ぎきれるかどうか微妙な距離だ。

波は少し荒くなってきている。だがこの機会を逃したら、船は再び外洋にでて、死ぬと思った。

飛びこんで水面に顔をだすと、うねりの中にいた。後は無我夢中だった。

体力の全てを使い果たし、体中を切り傷だらけにしながら、なんとか島に戻った。


大場が荒い息をつきながら上陸したのは、高い崖の下だった。

しばらく休んでから調べたが、あまり良い状況ではなかった。

崖の周囲は波が打ちつける荒磯で、一つだけ小さな砂浜になっているところがあったが、上に戻る道はなかった。

荒波の磯を泳いで、もっとましな上陸地点を探すこともできなくはないが、もう海には入りたくなかった。

大場は岩を登りはじめたが、途中で足場が崩れ、地面に落ちた。


激痛だった。

足を捻ってしまった。

立とうとするが、力が入らない。

捜索を待つか。しかし、自分がこんな島の外れの断崖の下にいることを知るものはいない。このまま死ぬかもしれない。せっかく泳ぎ着いたのに——。

大場は岩場を這い、小さな浜に体を横たえた。

肩が切れて、血が流れていた。

喉は渇ききって声もでなかった。

空を見上げると、暮れかけた空に、鳶が旋回していた。

少し離れた岩場で、魔物がこちらを見ているのがふと目に入った。

背筋に冷たい汗が流れた。

魔物は、目の部分は真っ黒で、皮膚は灰色だった。数千匹の蚋を纏っていた。

魔物は、あの日の中学生の顔をしていた。

大場はじっと魔物を凝視した。

彼は、ずっと自分のそばにいて、見張っていたのか。それとも、ただそこにないものを自分が見ているのか。

「すまなかった」

大場は、じっと動かぬ暗い存在に向かっていった。

「それを、ずっと君にいいたかった」

魔物はけたたましい声で笑った。耳をつんざく怪音だった。もしこの音を別の状況で聞いていたなら、何か特殊な鳥類の鳴き声だと思っただろう。

大場は意識を失った。

6

誰かが大場の肩をゆすった。

大場は目を開いた。

空には満月が昇っていた。

そっと口の中に、冷たい水が含ませられる。喉を鳴らして飲んだ。

「大場君」

月光を横顔に浴びている女が、のぞきこんでいる。タイラさんだった。

「立てる？」

「転んでくじいたみたいですが」

足の痛みはあったが、だいぶ引いてきていた。なんとか立ちあがることができた。

「行こう」

「なんで、ここが、わかりました？」

「なんとなくわかったのよ」

タイラさんの後をついて、岩を乗り越え、草をかきわけていくと、いつのまにか、さとうきび畑の中に入っていた。

漂着したときには見つからなかったが、崖の下から脱出する道はあったのだ。

さとうきび畑の畦道を進むタイラさんの体は、淡く蒼白い光を仄かに発していた。

彼女は本物の魔女のように見えた。

大場はしくしくと泣き始めた。何か自分が本当にもう空洞のようで、崩れ落ちてしまいそうだった。

「もうだめです」

歩きながらいった。

あたりはざわざわと、葉擦れの音でいっぱいだった。

「怖いです、怖くて、怖くて」

何もかもが怖かった。

「いい年してるのに」タイラさんが呆れたようにいった。

「だって、怖くないですか、まるでそこら中に落とし穴がある」

問題は、穴にはまろうが、足をくじこうが、生きている限り日常は続くということだ。

いや、日常は本当に続くのだろうか？

確信がなかった。

もう自分は死んでいて、タイラさんの姿をした何者かが、どこか別の領域に連れ出そうとしているのではないか。

タイラさんは、ふう、と溜息をついた。

「ここは夢よ」

「夢、ですか」

「夢。だから大丈夫。会わせたい人がいるの」

タイラさんは手を引いた。


森に入った。

木々の陰は巨大だった。ガジュマルの巨木があちこちにある。闇が深く、空間のスケールが大きかった。自分が小人になってしまったように感じた。

真っ暗闇の小道を、仄かに光るタイラさんの背姿を見ながら進んでいく。

足を引き摺りながら歩いているうちに、遠くに光が見えた。

やがて森を抜けた。

近づいていくと、光は蛍光灯の街灯だった。

いつのまにか集落の道に立っていた。

周囲の闇に、家や石垣などの輪郭が浮かび上がっている。ハイビスカスが生垣からのぞいている。

景色に見覚えがある。よく見知ったこの島の集落だった。

時間と距離がおかしかった。あの断崖から集落までは、こんな短時間では到着しないし、地理的にも、集落の近くに森などなかったはずだった。

　自分が出てきた森を確認しようと振り返ると、森はもう消えてなくなっていた。森があったところは集落の薄暗い道が続いていた。

　団扇を持った若い男女が集落の道を横切っていくのが見えた。

　どこかで太鼓が鳴っていた。

　お祭りをやっているんだ、と大場はぼんやり思った。

　何人かが大場とタイラさんの横をすれ違ったが、二人に注意を払うものは一人もいなかった。

　タイラさんは誰かを探していた。

　やがて一人の少年を見つけると、タイラさんは少年の道を塞ぐように足を止めた。

「死ぬ」

　唐突にタイラさんは少年にそう宣言した。

　少年は呆気にとられてタイラさんを眺めた。

　大場もまた呆気にとられた。いきなり何をいうのだろう。タイラさんが会わせたい人というのはこの少年か。何か妙に見覚えのある子供だった。

　すぐに誰かはわからなかった。

　タイラさんは少年に何事かを話している。父の死、母の出奔。その内容は、大場が繰り返しタイラさんに話した内容だった。

見ているうちに、悟った。なぜ見覚えがあるのかがわかった。

──この少年はかつての俺じゃないか。

家族旅行でこの島にきた十二歳の自分自身がそこにいた。

大場は少年の影を見た。少年には影があったが、タイラさんと自分には影がなかった。

こんなことが起こるはずはない、というのなら、これは彼女のいう通り夢なのだろう。

現実の俺は、まだあの浜に倒れていて意識を失っているのだ。タイラさんは現れず、救助も現れず、きっとこれは、死の直前の夢なのだ。

「そう、そしてあなたは、その中学生を殴る。その後、その中学生は、あなたたちから逃げようと川の流れの速いところにいき、溺死する」

タイラさんは淡々と、大場の過去、少年の未来を語り続ける。

大場は、少年の背後数メートルに、怪訝そうにこちらを見ている少女がいるのに気がついた。

少女は少年を心配したのか、つかつかとやってきて少年のすぐ後ろに立った。

私の友達に何か用ですか？　とその訝しげな表情はいっていた。

タイラさんは気にせずに、少年の未来を話し続けた。

大場が改めて見ると、少女はタイラさんに少し似ていた。

## 7

十二歳の少年の膝頭(ひざがしら)はがたがたと震えていた。

少年にとって、通りの角から現れたこの男女は、真の妖怪(ようかい)だった。

黙って自分を眺めている不気味な男と、恐ろしい未来を語り続ける女。

両方とも、普通の人間と発する気配が異なっていた。

それ自体が呪いのような予言も、少年の心を凍りつかせていた。女が予言を終えたら、全てが本当になってしまうような気がした。

そのとき、少年のすぐ後ろからよく通る声が聞こえた。

「そんな風にはならない」

振りかえると島の娘がいた。昼間一緒に遊んだ娘だ。

正体不明の妖怪女は、ちょうど、成長した少年が二度目の暴行で刑務所に入る話をしていた。

妖怪女はぴたりと話をやめた。その後ろにいる陰気な妖怪男も、眉(まゆ)をあげる。

「ほう」

妖怪女は挑むようにいった。

「わったーん友だちは、そんな風にはならない」

少女は、凛然と女を睨みつけ、気焔をあげて繰り返した。

「そんな風にはならない！」

少年の心に、熱い感情が流れた。勇気が満ちてくる。その通り。当たり前じゃないか。

少年も叫んだ。

「ぼくは、ぼくはそんな風にはならない！」

男が微かに笑ったように見えた。

女は呆れたような顔をしてみせると、男と顔を見合わせ、優しい口調でいった。

「それでいい。そんな風にならないのなら、私たちは存在しない」

ほんの一瞬で、女も男も消えていなくなった。

道の向こうから神様の行列が現れた。

先頭に、真っ白な顔の福福しい面をしたものがいる。宿の人が、白い顔はミルクといっていたのを思い出す。

その周辺には衣装を纏った童女たちがつき従っている。エイサー太鼓を持った青年。鬼の面を被ったものが続く。

「ありがとう」

少年は行列に見とれながら、少女に礼をいった。

「どういたしまして。この島には、魔物がいるから気をつけて」

少女はいうと、じゃね、とはにかんだ笑顔を見せて手を振り、すっと人ごみに紛れて消えた。

少年があたりを見回すと、神々の行列の行く先に、カメラを向けている父の姿と、その隣で団扇を扇いでいる母を見つけた。

魔物がいた闇を一瞥する。

そんな風にはならない。

少年は呟いた。

そして、後はもう何も考えず、闇を背にして家族のほうへと走りだした。

# 私はフーイー

# 1

その頃、島はまだ、そのほとんどが鬱蒼とした森に覆われていた。

夜明け前のことである。豊年祭の踊りの練習をしようと浜にでた村人が、一艘の小船が漂着しているのを発見した。

小船は屋根のついた屋形船であった。

屋形船には、水と、僅かばかりの雑穀と、美しい着物を入れた櫃と、一人の若い女が乗っていた。

女は目を瞑って横たわり、静かに呼吸していた。長い黒髪に、華美な服を着た女だった。

とりあえず村人たちは船を陸に引き揚げると、女の手当をした。

女は二日ほどしてから元気を取り戻した。起き上がると、世話をしてくれた人たちに異国の言葉で礼をいい、ふらふらと外にでた。そして姿を消した。

その後、女は島のあちこちに現れた。

あるときは民家の軒先にふらりと姿を見せた。

家の者たちはちょうど餅をついていたところだった。驚きながらも、女に餅を渡すと、嬉しそうに食べたという。

異国の女である。島の言葉は通じなかった。女は餅を食べ終わるとお茶を飲み、笑顔を見せて去っていった。

またあるときは、女は通りで遊んでいた子供たちの前に現れると、一緒になって遊んだ。子供たちは風変わりな異国の女を仲間にいれ、走り回った。

女がどこに寝泊まりしているのか誰にもわからなかった。島民も次第に彼女に馴染み、その存在を受け入れていった。

女はどんどん島の言葉をおぼえていった。彼女はフーイーと名乗った。

島は琉球王府に苧麻や芭蕉からでる糸で織った布を献上していた。十五歳以上の女たちには人頭税が課され、機織り仕事に従事した。上布、芭蕉布は船で何日もかけ王府のある本島に届けられた。

ある日、フーイーは親しくなった女が機織りの仕事で忙しいから遊べない、というと、自分もその仕事を手伝いたい、といいはじめた。

人手はあるに越したことはなかった。女がフーイーに仕事を教えると、フーイーはすぐにせっせと機を織り始めた。

フーイーは己の過去について、きかれるままに語った。

なんでも海の向こうの国で暮らしていたという。戦争があり、国を追われ、逃げたのだそうだ。フーイーは国の名を語らなかった。

帰れば殺されるだけだから、帰る気はないのだといった。

島には琉球王府から流罪になった政治犯などもたくさんいた。帰る気がなければここで暮らせばいい、とみなが考えるような島だったから、みなフーイーを受け入れた。

何人かの男が邪な考えを抱き、フーイーを手籠めにしようとしたが、するりするりと身をかわした。彼女を邪な考えで捕まえようとすると、絶対に捕まらないのである。

フーイーは変身することができた。

あるときは猫に変身して、軒下を歩いた。

島の漁師は、網の手入れをしていたら猫に話しかけられて、腰を抜かした。

あるときは山羊に変身して、集落を闊歩した。

喧嘩をしていた夫婦は、いきなり通りがかりの山羊に仲裁され、悲鳴をあげて抱き合った。

ある日、集落から男の子が消えた。どこを探しても見当たらない。

消えた子供の親は、フーイーに捜索を頼んだ。フーイーならば、獣に変身して、人の足では踏み込めないところにも行けるからだ。

フーイーは白い鷺になって、島を上空から捜索した。

見れば、山奥に小さな庵を作って暮らしている世捨て人らしき男がいた。男は猪の頭を干して作った面を被っており、まさに豚の魔物のようであった。

件の男の子はその猪男の庵の庭先に縛り付けられていた。

フーイーは大急ぎで集落に戻ると、村人たちに見たものを教えた。村人たちは弓矢を持って山に分け入り、子供を救出した。

猪の頭を被った男は縛り上げられ、集落の広場に引きずりだされた。

始終悪態をついていたが、何を目的に誘拐したのかときけば、ずっと一人で暮らしてきたが、最近年をとってきたので身の回りの世話をやらせる者が欲しかったのだという。

庭先に縛り付けたのは、いうことをきかないから、脅すつもりでやったのだといった。

猪の頭の被り物を外すと、焼けただれた顔がでてきた。

野次馬たちは息を呑んだ。魔物だ。

山刀を持ち、冷たい目をした琉球藩士が前にでてきた。

「覚悟せいよ。動かずば一刀で終わる。それが一番楽だ。動けば刀筋がずれる故、悶絶の苦しみが長く続くことになる。おまえが哀れな者であることはわかっておる。楽になれ」

世捨て人は放心したように動きを止めた。

大ぶりの山刀を振りかぶり、藩士は一刀にして世捨て人の首を刎ねた。

藩士は一息つくと、野次馬の輪の外にいたフーイーに突き刺さるような冷たい視線を向けた。

〈おまえも魔物だろう。何か問題が起こればおまえも、こうなるからな〉

フーイーが後退すると、男は冷笑した。牙のような八重歯が見えた。

だが、藩士の視線とは別に、村人たちはこの事件をきっかけに、フーイーを信頼することになった。フーイーがいなければきっと子供は見つからなかったのだ。

フーイーはやがて恋をし、島の男と夫婦になった。働き者の誠実な男だった。

最初に男の子を産み、二年ほどして女の子を産んだ。

二人はすくすくと成長した。

フーイーは子供ができると落ちついたのか、変身をしなくなった。できるけれどしないのか、能力を失ったのかは定かではなかった。

長男が八歳、長女が六歳になった年の、ある暑い日の午後のことである。

集落の外れを子供たちと一緒に歩いているとき、どこからともなく現れた真っ白な蛇に咬まれて、フーイーは倒れた。

慌てて家に運びこまれたフーイーは、消え入りそうな声で、私はもう死ぬが、子供たちの成長を見られないことが無念だと嘆き、泣きじゃくる二人の子供、そして慌てて駆けつけた夫に、しっかりと生きるように告げた。

「しっかりと生きていれば、いずれまた会えます」

フーイーは息絶えた。

夫は泣き崩れた。

よもや、自然の理から少し外れたような力を持つ彼女が、当たり前の人間のように蛇に咬まれて死ぬとは、どうしても信じられなかった。

葬儀が行われた。

島の呪術師たちの助言により、遺体は集落の外れにある岩山に安置されることになった。

切り立った岩山で、遠くからでも目についた。岩山の中腹には、骨壺を安置できる穴があった。

彼女は天界からやってきた天女であり、普通に風葬するよりも、集落を護るような位置に立つあの岩山を墓にしたほうがいい、という判断だった。

フーイーが安置された岩窟は、やがて御願所になった。

フーイーの夫は、毎朝、岩山の前で御願をした。時折白い鷺が岩山に立つこともあり、夫は、島のどこかに彼女がいる気配を死ぬまで感じ続けていたという。

ここまでが最初の話である。

## 2

フーイーはそれから五十年後に甦る。

北の集落に住む七歳の女の子が、ある春の日に唐突に「私はフーイーだ」といいはじめたのだ。

農家の娘で、その名をヤエマといった。

五十年前に死んだ天女フーイーの伝説は、彼女が死して月日が流れていても、島じゅうで繰り返し尾鰭をつけて語られていたため、島では知らぬ者はいなくなっていた。彼女の残した二人の子供も、それぞれ子孫を増やし栄えていた。ヤエマはフーイーの一族とはなんの縁もない子供だった。

最初ヤエマの両親は、ごっこ遊びの一種だろうと相手にしなかったが、娘の語ることはフーイーでしか知り得ぬことばかりだった。

両親はヤエマに問いただした。

娘がいうには、風の強い朝、早起きしたので、外にでたのだという。

なんだかとても気分が良かったので、高台に登った。

北の集落から高台に登ると、島の東の丘にそそりたつ、フーイーが埋葬されている岩山が目に入る。

ぼんやりと岩山を見ているうちに、時間が止まったようになった。

唐突に懐かしさがこみあげてきて、かつて自分が異国から漂着した女だったことや、この島でできた家族や、友人との思い出が次々に脳裏に甦ったのだという。

ヤエマは、島民の名前を次から次に挙げ、彼らを家に呼んでほしいと親に頼んだ。

何人かは島の有力者だったため、子供の戯言に呼べるものかと親は躊躇したが、噂好きの友人に話したところ、すぐにこの話は島を駆け巡った。

ヤエマに名指しされた人々が連れだってやってきた。

ほとんどが、白髪に、深い皺の刻まれた男女である。

彼らはヤエマを目にして絶句した。

「あきさみよ、これは本当にフーイーに似ているよ」

「フーイーさ」

ヤエマは胸をはっていった。

集まった者たちのうち二人は、かつてフーイーが産んだ子供だった。

「私の子供はいるかな」

七歳の少女——ヤエマは一同を見回す。すぐに並んで立つ二人の初老の男女の前で視線が止まった。

長男は五十八、長女は五十六になっていた。二人とも家庭を持ち、既に孫までいた。白髪の長女は、ヤエマの前に進みでると腰を曲げ、その頬を両手で触れた。

ヤエマは嬉しそうに長女の名を呼んだ。

「いきなり蛇にやられて死んでしまったけれど、苦労をかけたね、大きくなって」

「大きくなってというか」長女は頭をかいた。「もう五十六だよ。こりゃあ、誰が見ても私のほうがお母さんに見えるねえ」二人は笑った。「いや、お母さんというよりおばあちゃんかね」

長男もいった。

「本当にお母さんかい。お父さんは、もう死んでしまったよ。病気になって。でも生きている時は、毎日ずうっと御願所に通っていたんだ」

うんうん、とヤエマは頷いた。

「それはもう仕方ないよ。五十年も経ったのだもの。それよりも、あなたたちが立派に生きていて嬉しいよ。ことによれば、あなたたちだってまさか生きていないかもしれないと思っていたんだから」

息子と娘以外の人々は、彼らがまだ子供だった頃に、フーイーと一緒に遊んだ者たちだった。彼らはみなが見守る中、一人一人ヤエマの前に立ち、挨拶をした。

「あなたは」

「リュウ」

「ああ、リュウ。変わったねえ。独楽（こま）で遊んだのをおぼえている？　妹は元気？」

やがてヤエマが、本物のフーイーの生まれ変わりであることは、疑いようもなくなってきた。

「酒をもってこい」

誰かがいった。

その晩、その家ではフーイーの復活を祝う盛大な宴会が開かれた。

ヤエマの親は、複雑な表情でぼろぼろと泣いた。彼女がフーイーなのだとしたら、かわいい自分の娘はどこにいったというのか。

「お母さん泣かないで。私はフーイーだけどヤエマだよ、お父さんとお母さんの娘だよ」

少女は母の背中をさすった。

フーイーの第二の人生は豊かなものだった。

彼女は再び島を駆け巡った。二度目の生を謳歌（おうか）するフーイーには、まだ若い父親と、母親がいた。さらにかつての息子と娘と何人もの孫もいた。

彼女は幼き者たちの遊び仲間であり、また年長者たちの話し相手でもあった。

復活より三年がすぎた。

十歳の男の子ツヅキは、フーイーの曾孫（ひまご）であった。

ツヅキは仲良くなったばかりの自分と同じ歳のヤエマが、自分の祖父のさらに母にあたる人間だということを、どうしても理解できないようだった。

「なんでよ、オバアじゃないじゃないか」

「フーイーの魂が生まれ変わったからよ、ツヅキ」

「オバアって呼んでいい？」

「ダメ。フーイーかヤエマって呼びなさい」

「オバア、わんと駆けっこしよう」

ツヅキは駆けだした。

ヤエマが鬼のような形相で追いかけると、ツヅキは、フニュハハハ、と笑いながら走った。

時にはヤエマは、お調子者のツヅキが子供たちに苛められているのを助けることもあった。島一番の年長者たちとも対等に話せるヤエマは、畏怖される存在だった。

暇があれば、三線を教えてあげた。ツヅキばかりでなく、子供たちはみなヤエマから弾き方を習った。ヤエマはフーイーであったときからの技術を受け継ぎ、さらに磨きをかけており、下手な大人よりもずっと上手かった。

「ねえ、フーイーヤエマ」

あるときツヅキはいった。

「フーイー、か、ヤエマ。続けて呼ぶなよ」

「続けたほうがかっこいいよ。わんは、フーイーヤエマと結婚できるかな？」

「できない」ヤエマはいった。「あんた、オバアと結婚してどうするつもりか」

ツヅキは、うーんと首を捻った。考えれば考えるほど、こんがらがるようだった。

「なんのために甦ったの？」

「ツヅキとこうして遊ぶためさ」ヤエマは答えた。

実のところ、ヤエマにも何故自分がフーイーとして目覚めたのかよくわからなかった。

ツヅキはヤエマの言葉を聞いて跳ね飛んだ。

「じゃあ、たくさん遊ぼう！」

きっと本当は特に理由などないにちがいないと思った。

彼女はガジュマルの木陰で、自分の手を見ながら考えた。

己の何もかもがフーイーというわけではなかった。半分以上はヤエマだった。フーイーはそういう意味では完全に甦ったわけではなかった。ツヅキのいうフーイーヤエマという呼び方はけっこう正しいのかもしれない。初代はフーイーフーイー。

かつてのフーイーが持っていた山羊や猫、白鷺に変化する力は失われていた。どうにかしてまたできないかと、試みたが無理だった。変化の記憶は夢のように曖昧で、本当にそんなことができたのか自分でも疑わしくなった。

かつて自分がここに漂着する前にいた国のことを思いだそうとした。だが、それもまたほとんど思いだせなかった。たくさんの死のイメージがほんの少し浮かぶだけだった。鏡のような水面を、屋形船で漂う夢をよく見た。きっとフーイーがこの島に漂着する前の記憶にちがいなかった。なんにせよ、幼児の記憶が薄れていくように、遠い日々はますます遠くなっていく。

時代は大きく動いていた。ヤエマが十四歳のときに、廃藩置県で、琉球藩は沖縄県となった。

島にはたくさんの人が訪れるようになった。小学校や派出所や郵便局を作りにきた者。沖縄本島やヤマトからの役人や記者や学者。

どこの島でも、程度の差こそあれ、人々は琉球藩が沖縄県になることに混乱していた。ヤエマの暮らす島とも交流のある別の島では、士族も農民もほとんどすべての住民が「沖縄県政不服従」の血判状を書いて一致団結し、新しくできた派出所の警察官をリンチにして殺す事件が起こっていた。派出所の警察官も同じ島民だったが、「沖縄県政の賛成者」だったのである。

## 3

十六歳のとき、恋人ができた。

シュウという名の青年だった。

シュウは島民の中では、世の移り変わりに好意的な人間だった。当時島でもよく話題になった、反骨の美談として語られることもあった警察官のリンチ事件には、否定的見解をもっていた。

大きな力の流れに対して、感情だけでそんなことをしても何もならない。新しい警察官が沖縄本島からやってくるだけのことだというのがシュウの意見だった。

「最終的に島が栄えるにはどうしたらいいのかを、考えるべきさ。そりゃあ士族はみな困るだろうが、古い世をどう保つかではなく、新しい世をどう作っていくかを考えないと」

シュウはあちこちに顔をだし、県政について議論をした。ヤマトや本島からきた学者や役人を進んで案内した。

シュウの家は船を持っていた。ときにはその船で近隣の島を行き来した。

当時、船の多くは帆船だった。シュウの操る船も帆船である。ヤエマもシュウに連れられて帆船に乗った。

翡翠色の湾を船が出港する。見上げれば真っ青な空を背景に、白い帆が風をはらんでいる。帆船に乗るといつも、ヤエマはなんともいえない晴れ晴れとした気持ちになった。シュウにはどんな悩みでも話せた。

変身の力がないことも、フーイーの記憶に悩むことがあることも。自分だけが意味もなく甦り、他の死者が甦らないことに後ろめたさを感じることも。

ヤエマは恋に溺れた。かつての夫のことはおぼえていたし、思いだせば愛情も湧いたが、もうとっくに死んでしまっているし、そもそも同じ肉体が愛した人間ではなかった。

何もかもが輝いていた。

ヤエマは自分がありとあらゆるものを手に入れているような気がした。


十七歳の秋の日だった。

ヤエマが道を歩いていると、声をかけられた。

見れば、クバ笠を被った一人の農夫が、弱りきった表情で立っていた。

「ちょっときてくれんか。森の奥に、あんたの知りあいが、足を怪我して、あんたを呼んでいる」

「知りあい」

「ああ。フーイーを呼んでくれと」

ヤエマは慌てて農夫の後をついていった。

農夫は薄暗い森に入った。

少し進んだところで、唐突に農夫に殴られ意識を失った。

気がつくと、アダンの樹に囲まれた空間にいた。生い茂るアダンは密集し、鋭く硬い葉で人を寄せ付けぬ壁を作っていた。

動こうとしても動けなかった。両手両足を縛られていた。

視線をあげると妙な恰好をした者が立っていた。

さきほどの農夫だったが、裸身の上にクバみのを纏い、頭にも草を編んだ帽子のようなものを被っている。

「おまえは黒い虫に喰われるか？」

男は唐突にいった。

「黒い虫？」

何のことだ、と思う。

「わんは黒い虫に喰われるのだよ」

よく見ると、腕にも脚にも掻き毟ったような痕があった。

ヤエマはごくりと唾を呑んだ。男はヤエマの前を行きつ戻りつしながら続けた。

夜になると、黒い虫は大量にやってくる。小さな虫で、戸板の隙間から、屋根の藁（わら）の間から、どこからでも入り込んでくる。

そいつはわんに嚙（か）みつき、わんの肉をちぎりとり、わんをばらばらにする。小石の粒ほどの大きさの痛みが、体中に広がって、まるで燃えているようになる。叫んでもわめいても、誰にもどうにもできない。黒い虫は他人には見えないのだ。

そしてわんは骨となる。

だが、朝になるとわんの体はもとに戻っている。わんはそんな日々を繰り返している。

「黒い虫はおまえのところにこないのか？」

「私のところには」ヤエマは男の顔色を窺（うかが）いながらいった。「きません」

「そうか」男は失望したようにいった。

「あの、私が何かしたなら謝罪でもなんでもしますから、わけを話して、縄をほどいてくれませんか」

男は怒鳴った。

「魔物は島にいらんからよ！」

ヤエマは言葉に詰まった。

「確かに私は魔物かもしれません。しかし、決して邪悪な意志をもってはいません。す、すみません、こんなことをしないで、助けてください」

男はヤエマの背後にまわった。

「いいや。邪悪だ。この男は、おまえの恋人か」

男はヤエマの背後から、ヤエマに見えるように生首を突き出した。

生首はシュウだった。目は虚ろで、唇には血がこびりついていた。

ヤエマの体から血の気がひいた。思考が瞬時に消滅し、心臓が早鐘を打った。

「おまえは高いセジを持つという話だったから、こちらも簡単には手をだせなかった。猫や、山羊、白い鷺に変化するともきく。だがおまえの恋人を、少し痛めつけたら全部教えてくれたよ。なんのことはない。おまえにそんな力はないんだって？　そんなのは昔話。全部嘘なんだと」

農夫はシュウの首をヤエマの足元に放り投げた。

シュウ、とヤエマは消え入りそうな声で名を呼んだ。

「〈島の声〉がわんに命じた。この男は、汚らわしい県政賛成者だ。少しばかり頭が切れることで天狗になり、本島やヤマトンチュに媚びへつらい、我が島を殺そうとするものだ」

「違う」

涙が溢れた。

「違うかどうかは〈島の声〉が判断する。おまえは目立ちたがりだ。神を名乗り、縄張りを侵した」

「名乗っていない」

「いいや、名乗ったのだ。名乗っていなくても名乗ったのと同じことだ。私はフーイー、それで十分」

男は憎々しげにいった。

神とは、おまえのように、能天気に唄を唄い、男とまぐわい、嘘をついて人を惑わすようなものではない。

神とは祖先を敬い、己を語らず、静かに汗水を垂らし作物を育て、余分な名声を求めず、御獄で御願をし、〈島の声〉に耳を傾け、島の未来を案じるものだ。

神とはわんのことなのだ。おまえは〈島の声〉に耳を傾けたことなどないのだろう？毎晩、黒い虫に滅ぼされ、また朝には甦る苦しみも知らぬのだろう？わんが本物の神だからこそ背負っている苦しみだ。

〈島の声〉にわんは黙って従う。島中の人間が本来はわんに感謝し、敬うべきなのだろうが、わんはそんなことを望まない。表にでて担がれたがるのは本当の神のすることではない。

男は、微笑を浮かべていった。

「我が島にこれ以上神はいらない。それにしても、よくもまあ薄汚い県政賛成者と乳繰り合えるものだ。放っておけばおまえはまた子を産むだろう。やがてはこの小さな島中を〈フーイーの子孫〉でいっぱいにし、魔物の血をひいた者たちでこの島を、島民でないものに明け渡すのだろう」

さあ行くぞ、と男はいうと、ヤエマの両手両足を縛り直し、彼女を引き摺りながら歩いた。

ヤエマはなりふりかまわず叫び声をあげた。誰も助けはこなかった。

変化の術のことが頭をよぎった。ただの一度も成功したことのない術が成功するはずもなかった。もしも成功したところで、手足は縛られているのだから意味はなかった。鬱蒼とした木々の中に、いつ作られたものかもわからない石積みの建物があった。石には蔦がはい、オオタニワタリが葉を繁らせていた。

男は建物の中にヤエマを蹴り込んだ。

中は薄暗く、四面の壁には棚が作られ、たくさんの頭蓋骨が並んでいた。多くは白骨だったが、なかにはまだ髪の毛が残っているものや、干からびた皮膚がこびりついているものもあった。子供のものもあった。

男は空いている場所にシュウの生首を並べた。

そして壁に立てかけてある大ぶりの山刀を手にすると、地面に這いつくばっているヤエマに向き直った。

ヤエマは男の顔にほんの一瞬、自慢の収集物を見せびらかして褒めてもらいたがっている子供のような輝きをみた。

どうだい、すごいだろう。これ全部、わんがやったんだぞ。

男は神を名乗ったが、それはあながち外れていないのかもしれない。この男は人の姿をしながら人とは違う心を持ち、どんな説得も、命乞いも通じないだろう。

男がにたりと笑うと、牙のような八重歯が見えた。

この顔にはどこかでおぼえがある、とヤエマは思った。いや、実のところ、最初に見たときから、妙に引っかかるものはあった。

猪男の顔が浮かぶ。

ああそうだ、この男は——かつて猪男の首を広場で斬った官吏と同じではないのか。顔も、立ち居振る舞いも、声もよく似ている。まさかあの官吏の子孫なのか。

「覚悟せいよ。動かずば一刀で終わる。それが一番楽だ。動けば刀筋がずれる故、悶絶の苦しみが長く続くことになる」

ああ、そうだ、そうだ。知っている。

この通りの台詞を前にきいた。

ヤエマが目を開き「あなたは」といいかけたとき、山刀が振りおろされた。

これがこの島における、フーイー第二の生の終わりである。

4

そして五十年の歳月が過ぎた。

島には電気が通った。電信柱が立ち、街灯が灯った。パナマ帽がはやり、洋服を着る者も普通に現れはじめた。ヤマトが日清戦争で植民地として得た台湾への航路において、島は重要な拠点となっていた。人口は大幅に増えていた。

夏の夕暮れ、東の集落だった。

十歳の少女はフクギ並木の道を歩いていた。

学校帰りに寄った友達の家から帰るところだった。

どこからか三線の音が流れている。弥勒節という曲だ。

十歳の少女は、ふと足を止め、しばらく流れている曲を聞いた後、「私はフーイー」と小さく呟いた。

この島におけるフーイー第三の生のはじまりだった。

少女の名はマヤ。

浜につづく道の先に浮かぶ大きな積乱雲はピンク色に染まっている。

マヤは積乱雲を見上げた。断片的な映像が次々に甦ってくる。

もういないお父さん、もういないお母さん、もういない子供たち、もういない孫たち、曾孫たち、大勢の友人たち、最初の夫、島の道、機織りの日々、手の甲にいれた刺青、ガジュマルの木陰、ミルク、アンガマ、シーミー、大雨、大風、夜、星、たくさんの愛、たくさんの苦しみ。ヤエマ。愛するシュウ。

マヤの胸は押し寄せた津波のごとく感情に揺さぶられ、黄昏の小道に倒れると、一人蹲って泣いた。


初代とヤエマが、本当の意味での同一人物ではなかったように、マヤもまた他の二人とは違っていた。

マヤは自分がフーイーであることを、すぐに親に報告しようとは思わなかった。彼女はずっと慎重だった。

マヤはそれから一年間、十一歳になるまで、今まで通りにマヤとして生活した。そして、さりげなく人々から話を聞き、情報を集めた。

まず、島では二代目フーイー、ヤエマの死体は発見されていないことがわかった。また同じくシュウの死体も発見されていなかった。

島民が知る事実は、五十年前にフーイーは恋人と共に島から消えた、というそれだけだった。

伝説の最後の部分はフーイーの物語らしく「二人は白い鷺になり、長い旅にでた」と脚色されて結ばれていた。

フーイーの記憶を取り戻してから、こんな夢を見た。

森の中の石積みの建物の中に、生首がずらりと並んでいる。ある生首はげらげらと笑っていた。また別の生首は舌舐めずりをしながらマヤを見ていた。その部屋は生首たちの話し声でがやがやとうるさかった。

生首の中には、ヤエマとシュウもいた。彼らは二人並んでいた。マヤが二人の前に立つと、ヤエマの首がいった。

――慎重によく考えて動きなさい。最初に産んだ二人の息子とその孫のことをおぼえているでしょう？　東の集落に、彼らの家――宮良家がある。そこはあなたの家でもある。本当の味方は彼らだけだよ。もちろんそんなことはわかっているよね？

夢の中では、首狩りの男の気配が常にあった。土を踏む音が近づいてくる。

――さあ、逃げて。十七歳で死んだ私のようにならないように。

ちょうど一年が過ぎてから、マヤは宮良家を訪れた。

家人は、何かを覚悟したような厳しい表情の少女の出現に驚きながら、家に迎え入れた。

すぐに子供を除く家中の者が集まった。

子供が除かれるのは、子供は口が軽いからである。

マヤはその家の一番年をとっている老人の前に立った。

「私は東の集落のマヤです。かつてヤエマがそうなったように、フーイーとして目覚めました」

老人は目を見開いて頷き、静かにいった。

「なるほど」

おそらく老人の息子であろう、中年の男がおずおずと発言した。

「ヤエマが島から消えて、五十年たつ。宮良家では、フーイー本人と、宮良家のものしか知らぬ、門外秘の口伝を多く残している。あなたがフーイーならばその……」

問答をして、本物かどうかを確かめてもよいだろうか？

マヤは頷いた。

「当然です。唐突に驚いたことでしょう。本物かどうか、お確かめください」

老人が笑いだした。

「いいや、それはそれでやったらよいが、フーイーはフーイーの顔をしておるものだ。わんは見ただけでわかる。わんはツヅキ。あなたはフーイーだ。おかえりなさい」

「ツヅキなの」マヤの顔がぱっと輝いた。

ツヅキ――ヤエマが子供の頃に一緒に遊んだフーイーの曾孫は、改めて見れば確かに面影があった。

「はあ、これはまあ、立派になったねえ、ツヅキ！」

「よく帰ってきたな。あの日、どれだけみんなが捜したか。が、フーイーヤエマ、ではないのだな」

「残念ながら。フーイーマヤです」

宮良家の大人たちは、マヤを囲んで話をきいた。

主に謎だったヤエマ最期の日のことが語られた。

この島に、自分を神と思いこんでいる首狩りの男がいること。五十年前にヤエマとその恋人のシュウは、その首狩りにやられたこと。

マヤは、首狩り男に誘い込まれた森の位置も話した。

「そしてあなたはどうする」

「少なくとも、当分は、フーイーであることを隠し、ただのマヤとして生きます。みなさんも、フーイーが戻ってきたことを口外しないでください」

ツヅキとマヤは、宮良家の男たちを十人ほど連れて、件(くだん)の森に向かった。

アダンに囲まれた空間にある小路、というのが手掛かりだった。広大なソテツとアダンの茂みはあったが、なかなか入り口は見つからなかった。

全員で手分けして、鉈(なた)や植木鋏(うえきばさみ)で枝葉を切り取ったり、梯子(はしご)で上から覗(のぞ)いたりして、ようやく消えかかった細い小路を見つけた。

雑草をかきわけて進んでいくと、薄暗い森の中に、正方形の建物がひっそりと佇んでいた。石造りで蔦がはっている。

中にあった棚は腐って地面に落ちていたが、数えきれぬほどの頭蓋骨が散らばっていた。頭骨はどれも白骨で、最近のものはないようだった。

すぐに警察が呼ばれた。

そこが墓であったというならともかく、そうでないところに、五十を超す頭骨である。しかも頭部以外の他の骨はない。

島民たちは、首狩りの魔物が棲んでいたのではないか、と噂した。古い骨ばかりだったこともあり、騒ぎが収束すると、謎のまま捜査も立ち消えになった。

第一発見者の宮良家は「島を見守るフーイーのお告げがあっただけ」として何も語らなかった。

事件の後は、首狩りの魔物の噂（あるいはそこから派生した噂）があちこちで流れた。犯人は普段は漁師だが、夜になるとアンガマの面を被って真っ暗な道で人を襲うだの、ジャングルで生活している狂女がいて、それが首狩りの正体だの、黄昏時になると、件の森の近くで生首が行列になってごろごろと転がっているのを見ただのといった話がまことしやかに語られた。

マヤの小学校でもクラスメートがそんな話をしていたが、マヤはそしらぬ顔でいた。

マヤとツヅキは、それから五十一年前にヤエマとシュウを殺した人物を捜した。

五十一年以上前からあの森の周辺にあり、農家を営んでいる家（ヤエマが引き込まれたとき男は農夫の姿をしていた）で、当時三十から四十代の男。さらに、県政不服従の思想を強く持ち、目つきが冷たく、牙（きば）のような八重歯のある男……これが手掛かりである。

やがて、家の位置がその周辺で、時折言動が不確かで、県政不服従の男が叔父（おじ）にいた、という者が見つかった。

マヤとツヅキは話をききにいった。五十代の女で、縁側でその叔父について話してくれた。

よく血のついた服で家に帰ってきたこと、一人で離れに住み、真夜中になると、物凄（ものすご）い叫び声をあげていたこと。仕事は熱心だが、一度酔ったときに、島の声が聞こえる、といい続けていたこと。かなりの頑固者だったこと。牙のような八重歯が怖かったこと。

女はいった。

「もう二十年も前に死んでしまいましたが、死んだときは、どこかほっとした気持ちになったのをおぼえています」

女の家をでると、マヤはほっと息をついた。確かにあの男で、そしてもう死んでいる。死んでいるかもしれないとは思っていた。五十一年の歳月とはそういうものだ。確認できて良かった。これでもうこの件に関してできることはない。

「フーイーマヤ。この先も、何かあったら一族を頼りなさい」

ツヅキは別れ際にいった。

「本当にお世話になりました」

マヤはぺこりと頭を下げた。

「いいんだよ」ツヅキは少し哀しそうにフクギの並木の道を見ながらいった。

「そんな改まらないで。ほら、ずっと昔に私たちが駆けずりまわった道だ」


宮良家の他にも、挨拶をしなければならない人は残っていた。

台風が去ったある日の午後、一軒の赤瓦屋根の家の前にマヤは立った。

風に荒らされた家の前の通りを掃除していた老女がいた。老女はマヤを見ると、目を見開き動きをとめた。

マヤは、老女が瞬時にして、五十年前、かつて十七歳で消えた自分の娘の面影を、己の姿に見たのがわかった。

「ヤエマ」

老女は小さくいった。まるで大きな声をだすと、目の前の少女がかき消えてしまうとでもいわんばかりに。

マヤはにっこりと頷いた。

「お母さん。戻ってきました。でも私は、今はヤエマでなくマヤです」

老女はマヤを抱きしめた。

「ありがとう、ありがとう。きてくれて、本当にありがとう」

ヤエマがいなくなった日以来、一瞬たりとも娘のことを忘れたことはなかったとヤエマの母はいった。

それからマヤは、ちょくちょくとヤエマの家にも顔をだすようになった。

だがマヤはヤエマと違い、やはり社交的な女ではなかった。ヤエマのように、宮良家の子供たちと積極的に遊ぼうとは思わなかったし、あちこちに知り合いを作ろうとも思わなかった。もしも華やかな生を送ろうと思えば、できぬこともないが、そもそも三度目の生で、かつて培った人脈やら何やらを利用して、華やかな生活を手に入れるのは卑怯（ひきょう）ではないかと思った。

マヤは今まで通りに、一人の少女として学校の友達と遊び、その後も、ヤエマの親と、宮良家以外には、自分がフーイーであることを秘密にし続けた。

5

マヤが十三歳になった年の豊年祭の日だった。

エイサー太鼓が響いている。

縁台の近くで、着物姿の一人の少年が目にとまった。年はマヤと同じぐらいである。

マヤは思わず低い叫び声をあげた。

その少年は、かつてヤエマとシュウを殺した首狩り人にあまりにも似ていたのだ。顔も全体の雰囲気も同じもので、あの首狩り人を幼くすれば、そっくりこの少年になる。

マヤはしばらく遠くから彼を観察した。

友人連中と一緒に祭りにきているようだが、今一つその輪から浮いているように見える。

同じ広場にいた宮良家の者を呼びとめると、あそこにいる少年の名と住所を調べるようにと頼んだ。

宮良家のものが調べたところによると、少年の名は新城(しんじょう)ガイナで、西の集落に住む子だという。マヤとは学区が違っていたから、これまで見ることがなかったのである。

マヤは考えた。

フーイーが転生するように、あの首狩り人も同じように転生しているのではないか？

初めて会ったときあの男は、広場で世捨て人の首を刎ねた官吏だった。次の時代で会ったときは、神を名乗る農夫だった。そして今回はあの少年。

確証はない。ただ似ているというだけかもしれない。

数日後、マヤは西の集落を目指した。

学校帰りに通りを歩いてきた新城ガイナを呼びとめた。

「ちょっと話があるのだけど」

二人は浜にでた。

浜は静かに透明な水がひたひたと押し寄せている。沖のほうに帆船がいくつか浮かんでいる。

二人は流木に腰かけた。

「誰？　どこの子」ガイナは子供らしい表情で不思議そうにきいた。

マヤは自分が住んでいる集落の名をだした。

ガイナの、どこかおっとりとした表情を見ていると、もしかしたら何もかも思い違いかもしれないという気もしてくる。

「何の用？」

何の用だといえばいいのか。適当にいってみる。

「あなたに興味があって」

ガイナは首を傾げた。

少し長い沈黙が置かれたが、そこでガイナは、浜辺の入り口付近で海を眺めている大人たちに視線を向けた。

「彼らは、宮良家かい？」

マヤは、はっと息をとめた。確かにその通りだった。何かあったときのための護衛として宮良家の者を連れてきていた。

「どうしてあなたにわかる？」

ガイナは静かにいった。

「化かし合いはもういいな。フーイーが甦ったという話は聞かなかったから、いないのかと思っていたが、そうか、今回は少し利口に振るまうことにしたというわけだ」

「おまえは」

「その通り」ガイナは頷いた。「あまり知られたくなかったが、わんも同じなのだ。ある日、自分のものでない記憶が甦り、自分が何なのか知る。何度も甦り、この島を見守ってきた。おまえがこの島に漂着するよりも遥か昔に、ニライカナイより漂着したのがわんだ」

マヤは目を見開いた。自然ときつい口調になる。

「昔、おまえは士族で、猪の頭を被った世捨て人の首を刎ねただろう？」

ガイナは頷いた。

「よくおぼえていたな。その頃の記憶はもう曖昧（あいまい）だが、猪頭のことは珍事件だったからおぼえている。今日は何をしにきた？　わんを見つけて、さらに宮良家も連れてきたということは、殺しにきたのか？」

マヤは首を横に振った。

「まずは話をしにきた。黒い虫は今も夜になるとおまえを喰（く）うのか？」

「わんはまだ子供だ。あの虫が現れはじめるのは、二十歳を越える頃からだ。いずれそうなるだろうが、今はまだ大丈夫だ」

ガイナは溜息（ためいき）をついてからいった。

「この島は変わったと思わないか？」

マヤは答えなかった。

ガイナは続けた。

「今、わんは学校に通っている。このあいだは世界地図を見た。五十年前には食べたこともない食べものが次から次へとでてくる。昔から使っている言葉を話したら、方言札をかけられる。ヤマトの言葉を話せという。そうしないと、ヤマトにいったとき言葉が話せなくて困るからだという。わんが粛清しようとした何もかもが島にはびこり、わけのわからない奴らがどんどん流れ込んでいる。何をしても手遅れだ。わんにはもうよくわからん」

「島の声が聞こえるんだろう？」

「昔は聞こえた。昔は確かに聞こえたんだ」

ガイナは縋るような目でマヤを見た。

マヤは全力でガイナの顔を殴った。

ガイナは流木からずり落ち、砂に仰向けに倒れた。マヤはガイナの上に馬乗りになると、両膝で彼の脇を押さえ、さらに猛烈な勢いで拳を叩きつけた。

「そんな声などあるか！　島の声がシュウを殺せというはずがあるか！　おまえの勝手な思い込みだ！　殺して何かが変わったか？　殺せばおまえの思った通りの世の中になったのか？　おまえの考える〈島〉とやらは、喜んだのか！」

宮良家の男たちが走り寄ってきたが、マヤは片手をあげて制した。

鼻と口を血塗れにしたガイナはじっとマヤを見ていた。不思議なほど落ちついた目だった。

「すまなかったな」

ガイナは感情のない声で呟いた。

「怨みもあろう。だが、昨日大切だったことが、明日には大切でなくなる。必死に守ろうとしたものが、目を覚ますと全て消えている。どうしたらいい？」

マヤは再び拳を振り上げたが、思いなおして止めた。

殴ってもシュウは戻ってこない。何より問題なのは、この少年を殺したところで、死ぬのは新城ガイナという十一歳の子供であり、シュウを殺した首狩りの魂が死ぬわけではない。きっと次の時代にまた誰かに宿って甦る。

「すまなかったと思うならこの島からでていけ。島からでていくというなら、これで終わりにしてやる」

マヤは次のように考えていた。フーイーや首狩りが、この島の娘や少年に転生するのは、おそらく〈前の代がこの島で死んだから〉である。もしも首狩りが遠い異国で死ねば、次の首狩りの魂を継ぐ者は、遠い異国で生まれることになる。

ガイナはふん、と息をついた。

「出ていこう。少しだけ待ってくれ。最近ずっとそのことを考えていた。世界地図を学校で見たときからだ」

「必ずそうしろ。私たちを侮るな。おまえが出ていくまでフーイーの一族は、ずっとおまえを監視する」

マヤはそういい残すと立ち去った。

ガイナは三年後に本当に島をでていった。

ハワイへ向かう船に移民として乗ったのだ。

　だが、マヤはどうしても晴れ晴れとした気持ちにはならなかった。

　ガイナがでていった翌年にツヅキが死んだ。マラリアだった。同じ年に、ヤエマの母も死んだ。ヤエマの父はとうに死んでいた。

　時代は確かに変わっていく。

　人だけではない。街路樹から建物にいたるまで、一度失われたものは二度と戻ってこない。

　マヤはほどなくして本島へと渡る船に乗った。

　いずれは戻るつもりだったが、帆に風がはらむのを見ていると、涙がぼろぼろと流れた。

6

　本島には面白いものがたくさんあった。かつて島が上布や米を献上していた王府、首里城。そして立派な那覇市役所の高塔や、路面電車。繁華街に大きな市場。

　まさか数年後に、何もかもが破壊され、地獄となる場所だとは思ってもいなかった。

　戦争がはじまり、師範学校に通っていたマヤは学徒動員された。

二十二歳のマヤは走っていた。

道の脇には黒焦げの死体の山が築かれていた。かつて首狩りが一生を通して殺した人間の万倍の死。なぜだか新城ガイナにこれを見せたいと思った。首狩りよ。今どこにいる？　何をしている？　何を思っている？

瓦礫（がれき）の山を通りぬける。草むらへ。

本島でできた知り合いの全ては、米軍の艦砲射撃で死んでしまった。

異国の兵が追ってくる。少し離れた森の中から爆裂音がする。銃弾が右肩を掠（かす）めて飛んだ。

牛舎を脱走した牛の群れが、野原を通りすぎていく。

マヤは牛の群れに飛び込み、一緒に走った。

やがて頭の中が真っ白になった。

必死に動かす両足が山羊（やぎ）の脚になった。

そのまま両手を地面につく。両手もまた山羊の脚に変わっていた。

異国の兵が驚愕（きょうがく）の声をあげるのを、背中にきいた。

土を蹴（け）る、土を蹴る、土を蹴る。

体がぐんぐん前へ進んでいく。

丘を駆けあがり、畑をつっきり、あらゆるものを引き離し、無我夢中で駆けた。

やがて崖（がけ）までくると、そのまま、白い鷺（さぎ）となって飛び立った。

どれほどの距離を飛んだだろう。
慶良間列島も、艦隊も、何も見えない。
あらゆる音が消えていた。自分がどこにいるのかもわからない。
藍色の空が広がっている。
最後にこんなふうに飛んだのは、二百年以上前だ。
懐かしき我が島に戻れるだろうか？
彼女は旋回し、必死に未来へと続く道を、風の中に探しながら、強く羽ばたく。

# 解説

黒史郎（作家）

僕は異界に惹かれてしまう。見たことのない景色が広がり、自分たちとは異なる時間を生きるものたちが息づいている。そんな場所に迷いこむのを想像するのはとても楽しい。だから、恒川氏の書く異界が好きだ。

まるで、その世界をさっきまで旅していたかのような緻密な描写で、幻想的なのにリアリティのある壮美なイメージを僕ら読者に見せてくれるからだ。

恒川氏の書く異界をイメージする時、僕は映画や絵画のようにではなく、貼り絵のように少しずつ貼り重ねていく。丁寧に描写された色や影や光、木、岩、屋根、音、匂い、そういうものを一枚一枚貼っていくのだ。だから読むのに時間をかける。その景色に長くひたりたいから、そうして読んでいるのかもしれない。

それから、距離がいい。異界を舞台とした作品をいろいろ読んできたが、恒川氏の書く距離感が僕はたまらない。遠くない。とても近いのだ。余所見をしていれば、するっと入りこんでしまいそうな、そういう危うい距離に存在している異界を書く。それは今回も裏切らなかった。

『月夜の島渡り』の舞台は異界ではなく、沖縄である。でも、僕はこの作品をずっと異界譚として読んでいた。そこに書かれているのは僕も何十回と訪れている沖縄だ。けれども、同じ沖縄だと思って読んではいない。『月夜の島渡り』に書かれているのは、恒川氏の創り出した異界の沖縄だ。

まずは収録された七篇について触れよう。

老いた男の死にゆくシーンから始まる「弥勒節」。これは死者の物語だ。死者への、死者を想う者への、その両方のための物語。

主人公の隼人は森の奥から聞こえてくる音色に導かれ、そこで出会った奇妙な老女から胡弓を譲り受ける。この胡弓を通じ、音色の中に存在する死者と隼人は繋がっていく。死者の音色が陰気じゃないのが面白い。げらげらと笑うし、いうことはでたらめで無責任。時には隼人を慰めるようなこともいう。

音色に呼ばれて島に集まるヨマブリを連れていくため、隼人が弥勒節を奏でるシーンは本作最大の見せ場であり、迫力満点だ。島に集まるすべての良いもの悪いものが弥勒節の一部となり、隼人は自身の運命を享受する。

僕は七篇の一番手が「弥勒節」であることが嬉しい。

この作品から読むことで、これから紡がれる六つの物語も弥勒節の中の物語に思えるのだ。作中、死者を島から連れていくという老女は、こんなことを隼人にいっている。

「昔は大勢連れていったものだ。逃げたいもの、疲れ果てたもの、行かなくてはならぬもの……」

これから登場する主人公たちの中にもいるのだ。

「逃げたいもの、疲れ果てたもの、行かなくてはならぬもの」が。

ここで雰囲気はガラリと変わる。二話目の「クームン」には、どこか親しみやすい妖怪的な存在クームンが登場する。ハイビスカスやブーゲンビリアが咲き、樹木の枝に何百もの靴がぶら下がる家。そこにクームンは住んでいる。主人公の夏太は、家から逃げ出した少女の真紀子をこのクームンの家に匿い、恋をする。その頃、大人たちの世界では深刻な事件が起きる。それにより夏太の夢の時間はあっという間に残酷な現実へと引き戻される。クームンの家を去り、やがて大人となった夏太は、クームンとはなんだったのかと考える。大人になったことで、届かなくなるものはたくさんある。その最たるものが過去だ。記憶は薄れていくばかりで、クームンはそんな記憶とともにやがては誰からも忘れ去られてしまう寂しい存在なのだろう。

不気味な語感を持つ「ニョラ穴」は、罪を犯し、隠蔽工作のために無人島を訪れた「私」の手記である。そこには島で出会った奇妙な男シンゴと、シンゴの崇拝する「なんだかよくわからないぐにゃぐにゃした」異形の神ニョラについて書かれている。すごい臭いのする、超大型の軟体動物であるらしい。やがて「私」の精神が現実と白昼夢のあいだを彷徨いだす。沖縄版クトゥルー神話ともいえる、七篇の中では特に異質な作品である。この話はどう読んでもいいのだろう。すべてを真実の記録として読むか。すべてを虚偽として見るか。手記は「私」が狂気の果てに見た幻想の記録ではないのか。悪戯ではないのか。この手記も誰かの白昼夢なのでは。答えはない。物語は手記の最後の頁で終わっている。真実を語る者は永遠に沈黙してしまった。

僕が七篇の中でもっとも怖いと感じたのは「夜のパーラー」だ。

魔性——そんな言葉の似合う雰囲気を漂わせた女、チカコ。彼女に翻弄されていく男の運命は、想像だにしなかった展開へと転がった。これは、まごうことなき怪談だ。幽霊や妖怪が出るわけじゃない。なのに怖い。怖いのは夜のパーラーにいる自らを娼婦と呼ぶ女チカコと、そんな彼女に「人間じゃない」といわしめるオバアだ。もしかして、どちらかは妖怪なのかもしれない。

チカコは甘い声で殺人計画を語り、主人公の運命の歯車を狂わせていく。拒絶しても、逃れられない。チカコに精も金も吸い取られ、自分はどんどん弱っていく。そんな悪夢から目覚め、唐突に訪れる結末。最後にチカコが聞かせた笑い声に、僕は鳥肌が立った。これはやはり、怪談だった。

一人の女の凄絶な人生が語られる「幻灯電車」は、一本の映画を見た後のような満足感で溜め息が出た。チイコの送った人生はあまりにも残酷で、早く彼女が安寧の時を迎えてほしいと思いながら読んでいた。「安寧の時」とは、幻の電車に乗ってこの世から消える時のことだ。そういう結末を迎えることは予感していた。ところが、チイコは生きた。戦火が家族も家も生まれた町もすべて焼き尽くし、それでもチイコだけは生きて、五十七歳になっていた。人生の線路を脱線し、この世を彷徨い続けた女が再び線路に戻った時、幼き頃に一度だけ乗った幻の電車は再び現れた。

この作品で印象的なのは毒屋の恩次郎の存在だ。まるで神話のトリックスターのように、チイコの人生の横からひょいと現れ、過程はどうあれ、無味だった彼女の人生を最終的には救った形となった。

人生を踏み違えた不器用な男、大場が世の中に弾かれ、流され、行き着いたのは、かつて家族で訪れたことのある南の離島。そこで魔女と嘯く女タイラと出会う。そんな「月夜の夢の、帰り道」は最後まで心地の良い作品だった。大場とタイラの過ごす日々からは、南島の緩やかな時間の流れを感じることができた。あの時間の流れにひたると、日常に戻りたくなくなる。その流れの果てで大場を待っていたのは、ありうべからざる邂逅だった。時間はここでループする。罪を背負って生きた者の人生再生の物語、そうなる予感をさせて。

最後の「私はフーイー」は異国から流れ着き、島とともに生きてきた不思議な力を持つ女の壮大な転生譚である。山羊となって駆け、白い鷺となって飛び、これまでの主人公の人生とはまるで違う進度で一気に歴史を飛び越え、跨いでいく。けれども、百年二百年を飛び越えるわけではない。五十年。人の一生が尽き切らない時間だ。前世のフーイーを知る者がいる。だから、天女として語り継がれていく彼女は架空の存在にはならず、人々の記憶に在り続ける。そんな覚えていてくれる人々をすべて焼き尽くす炎から飛び立ったフーイーは、未来へと続く道を見つけることができたのだろうか。

七篇はそれぞれが独立したストーリーになっているが、二度目に読み返した時は頭の中で勝手な繋がりを作りながら連作短編として楽しんだ。そこには共有された世界があり、どこで交わって、主人公たちの運命の分岐が増えても不思議ではない、そんな変容性がこの七篇にはある。そこから派生する妄想は尽きない。ラストで見つめていた島へと渡った隼人。別の名で毒を撒く恩次郎。どこかの駅に辿りついたチイコ。未来への入り口を見つけたフーイー。そんな新たな物語が、すでに僕の頭の中で展開されている。

作中にはヨマブリ、ガー、クームン、フーイー、ニョラなどの独特な語感を持つカタカナや「あきさみよ」「あが」「でーじ」「わじわじ」などの柔らかい方言、見渡す限りのサトウキビ畑、暗い路地から現れる山羊、亀甲墓、冷蔵庫の中のサーターアンダギーといった「沖縄らしさ」がふんだんに鏤められている。沖縄という素材をそのまま使うだけでも十分に面白い物語が生まれそうだが、恒川氏は「異界」としての沖縄を新たに創り出してみせた。

怪談専門誌『幽』の企画で鼎談をした時、恒川氏はこう語っている。

「僕が住んでいる沖縄もやっぱり異界への入り口が多い感じはあります。町中を普通に歩いていても、突然墓や御嶽にぶつかる」

同感である。ちょっと道をはずれると知らない世界へ迷い込んでしまいそうな雰囲気は、異なるものとの境界がほとんどないからだろう。歩けばかなりの頻度で魔物除けの石敢當やシーサーと出会い、今にもキジムナーが顔を覗かせそうなガジュマルの森の迫力には気圧され、打ち棄てられた建物の奥には底のない闇が口を開け、島を囲うのは異郷へと繋がる水平線を黄昏の黄金色に染める海。どこからでも異界へ踏み出せそうだ。

本作では、しばしば主人公が異界へ迷い込むシーンが書かれている。異界の形はそれぞれ違う。水場の隣の森の中にある、無数の靴がぶら下がる赤い屋根瓦の平屋。不気味な生き物が洞穴に棲む無人島。薄暗い林の奥で赤提燈を灯す小さなパーラー。青白く光る、お化け電車。そこに入りこんだことで主人公たちの運命は変わる。大きくも、小さくも。あるいは、そこへ来たこと自体が運命だったのかもしれない。

舞台も、そこで繰り広げられる物語も異界的ではあるが、恒川氏は現実との糸を断ち切って、ただの幻想には落としこまない。神秘的なことを起こしながらも、ふいに現実へと引き戻す。逆に現実から突き放して、異界へ突き落とすこともある。

たとえば、妖怪めいた存在のクームンと過ごす白昼夢の中のような時間があれば、〈本日、午後三時半ごろ、〇〇町の――〉と殺人事件の報道も流れる。殺人を犯し、罪から逃れるために男が辿りついた無人島では、「激しく、雄大」な軟体動物のニョラと遭遇する。不幸なチイコは憎きおじさんを毒殺して服役後、故郷の地を踏んで幼少期の遠い記憶の中に存在した幻との再会を果たす。変身能力を持つ謎多きフーイーが転生を繰り返しているその最中にも歴史の頁は捲られ、廃藩置県で琉球藩は沖縄県となり、沖縄は戦渦に巻きこまれる。

非現実と現実の狭間に置かれた主人公の人生、運命は、物語になり得る。

僕にとって沖縄は特別な場所だ。人と神の距離がいたって近い稀有な土地だと思っている。怪談の取材をしていると何割かは神様の話を聴ける。タクシーの運転手がウタキから漏れる眩い光や、尾を引いて飛び去る光を見ていたりする。僕ならUFOだと思うだろうけど、この土地で生きている人たちにとっては違う。

「ムン」を信じ、畏れている人たちから話を聴いたことがある。

ムンとはよくない霊や魔物のことだ。「ムン＝もの」で、マジムン、ヤナムン、マヨイムンというように霊や妖怪の呼び名に使われる。「クームン」のムンも同じ意味だろう。信じている人たちと書いたが、正確には意識している人たち、感じている人たちといった方が正しいかもしれない。そういう人たちは、はっきりとした恐怖の対象があるわけではなく、具体的になにが怖いのか聞いても名前や形がないものなので、漠然と「雰囲気」のようなものとしか答えてくれない。

「あの辺はよくない」「あそこは嫌な感じがする」といったように。

ある地域では特定の辻を嫌がって通らない人たちがいる。僕はそこを何十回も訪れているが、別になにがあるというわけでもない。近くにラーメン屋があるくらいだ。調べてみると、いろんな云われがあるのを知った。その辻はガンと呼ばれる棺の入った箱を運ぶために使われていたとか、誰もいない夜道で缶を蹴るような音がするからとか、山羊の幽霊が出るとか、よく強盗が出たからだとか。とくに理由はないけど、その辻が好きではないという人もいた。わざわざ辻を避けて通る住人もいるそうだ。

「弥勒節」のヨマブリのように、それがなにかはわからないけれど、感じるものがあるのだろう。こういうところが、僕が沖縄という土地に感じている異界感の源泉なのかもしれない。

恒川光太郎という作家は、この捉えどころのない感覚を僕らに見せてくれる。異界の空気を感じさせてくれる。そこに息づくものに触れさせてくれる。

隼人が胡弓を奏で、死者を弥勒節の一部とするように、恒川氏の作品にもそういう力があるように思える。僕らでは感知できないものを敏感に捉え、作品の一部としている。

だから、声が聞こえる。

本書は、二〇一二年十一月にメディアファクトリーより刊行された単行本『私はフーイー　沖縄怪談短篇集』を改題して文庫化したものです。

# 月夜の島渡り

恒川光太郎

角川ホラー文庫 18932

平成26年12月25日　初版発行
令和7年9月25日　15版発行

発行者――山下直久
発　行――株式会社KADOKAWA
〒102-8177　東京都千代田区富士見2-13-3
電話 0570-002-301（ナビダイヤル）
印刷所――株式会社KADOKAWA
製本所――株式会社KADOKAWA
装幀者――田島照久



ISBN978-4-04-102472-0 C0193

# 角川文庫発刊に際して

角　川　源　義

第二次世界大戦の敗北は、軍事力の敗北であった以上に、私たちの若い文化力の敗退であった。私たちの文化が戦争に対して如何に無力であり、単なるあだ花に過ぎなかったかを、私たちは身を以て体験し痛感した。西洋近代文化の摂取にとって、明治以後八十年の歳月は決して短かすぎたとは言えない。にもかかわらず、近代文化の伝統を確立し、自由な批判と柔軟な良識に富む文化層として自らを形成することに私たちは失敗して来た。そしてこれは、各層への文化の普及滲透を任務とする出版人の責任でもあった。

一九四五年以来、私たちは再び振出しに戻り、第一歩から踏み出すことを余儀なくされた。これは大きな不幸ではあるが、反面、これまでの混沌・未熟・歪曲の中にあった我が国の文化に秩序と確たる基礎を齎らすためには絶好の機会でもある。角川書店は、このような祖国の文化的危機にあたり、微力をも顧みず再建の礎石たるべき抱負と決意とをもって出発したが、ここに創立以来の念願を果すべく角川文庫を発刊する。これまで刊行されたあらゆる全集叢書文庫類の長所と短所とを検討し、古今東西の不朽の典籍を、良心的編集のもとに、廉価に、そして書架にふさわしい美本として、多くのひとびとに提供しようとする。しかし私たちは徒らに百科全書的な知識のジレッタントを作ることを目的とせず、あくまで祖国の文化に秩序と再建への道を示し、この文庫を角川書店の栄ある事業として、今後永久に継続発展せしめ、学芸と教養との殿堂として大成せんことを期したい。多くの読書子の愛情ある忠言と支持とによって、この希望と抱負とを完遂せしめられんことを願う。

一九四九年五月三日